비밀의 공중 호텔

비밀의 공중 호텔

정화영 장편 소설

차례

환영합니다.

이곳은 기억 여행자들의 공중 호텔,

스카이 크루즈입니다.

어디서부터 이야기를 시작해야 할지 모르겠습니다. 글 쓰는 걸 별로 안 좋아하거든요. 사실 저한테 이런 기회가 올 줄도 몰랐어요. 그래도 솔직한 신청서를 쓰라고 하시니까 해 보겠습니다. 몇 가지 정리해 보자면요.

여기까지 쓰다가 멈추고 생각했다. 아무리 신청서가 중요하다지만 편지라는 건 참 구질구질하다.

"젠장, 다 엎을까."

오늘 아침 우편함에 꽂혀 있는 하늘색 봉투를 처음 봤을 땐 근처 오피스텔 분양 광고쯤으로 생각했다. 쓰레기통에 던지려다 빳빳한 질감에 놀라 봉투를 뜯었을 뿐인데 정말 깜짝 놀랐다. 상상도 못 해 본 것이 들어 있었다. 내 손바닥보다 조금 큰, 꽤 고급스러운, 철통 보안이 가능한, 최첨단 액정 카드라니.

액정 카드 구석에 작은 화살표가 보였다. 홀린 듯 손가락을 가져다 대니 이상한 일이 벌어졌다. 처음부터 내 지문을 기다렸다는 듯 액정 안에 화려한 화면이 펼쳐졌다.

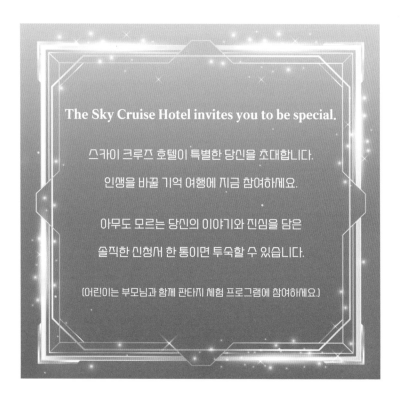

The Sky Cruise Hotel invites you to be special.

스카이 크루즈 호텔이 특별한 당신을 초대합니다.

인생을 바꿀 기억 여행에 지금 참여하세요.

아무도 모르는 당신의 이야기와 진심을 담은

솔직한 신청서 한 통이면 투숙할 수 있습니다.

[어린이는 부모님과 함께 판타지 체험 프로그램에 참여하세요.]

초대장이었다. 간단한 문장엔 '특별한 당신'이라든가, '인생을 바꿀 기억' 같은 구구절절하면서도 익숙한 유혹의 말이 있었다. 하지만 나는 부사 하나에 꽂혔다.

'지금.'

언젠가 된다는 말이 아니라 좋았다. 지금이라는 말에 홀린 듯 카드를 흔들었다. 움직임이 감지되자 액정 안에서 스카이 크루즈가 우아하게 하늘로 날아올랐다. 선명해진 액정은 신비한 빛을 냈다.

말로만 듣던 공중 호텔이 진짜 있는 거였어? 근데 이 카드가 왜 나한테 왔지? 아니, 내 지문은 어떻게 알고? 봉투를 다시 봤다. 진짜 내 이름이 써 있었다.

받는 사람, 차석준.

어젯밤 옥상에서 뭉그적거리다 봤던 하늘이 떠올랐다. 쏟아지는 별똥별을 보며 소원이랍시고 중얼거렸던 말도…….

"행복했던 기억이 단 하나만 있었으면 좋겠어. 그럼 지금보단 낫겠지."

그러고 보니 이건 뭔가 하늘이 진짜 내 소원을 듣고 어떤 기회라도 주고 있는 것 같았다.

물론 거절할 이유는 없다. 뚝뚝 끊어진 내 머릿속 기억을 헤집어 깔끔하게 정리하고 싶은 바람이야 늘 있었으니까. 그래, 뭘 고민해. 뭘 망설여. 할 수만 있다면 당장이라도 떠나야지.

침이 목젖을 때리며 꿀꺽 내려갔다. 마음을 바꿔 먹으니 간

절해졌다. 다만 작은 글씨로 쓰인 '주의' 표시가 거슬렸다.

아무도 모르는 나만의 이야기라. 그런 건 솔직히 너무 많다. 애초에 털어놓을 사람이 없어 비밀이 된 거다. 피와 함께 고여 뭉개진 비밀이 덕지덕지 피딱지가 되어 혈관을 타고 다닐 정도다.

하지만 이런 걸로 합격과 불합격을 판단한다는 게 말이 되나. 게다가 솔직한 고백인지 아닌지는 또 어떻게 알고? 그렇다고 따지고만 있을 때는 아니다. 공중 호텔에 갈 수만 있다면……. 그렇지, 소설이라도 쓸 판이다.

머리를 두드리며 다시 쓰기 시작했다.

전 아버지가 어릴 때 돌아가셨어요. 엄마와 둘이 살았는데요.
엄마도 2년 전, 그러니까 중학교 3학년 여름 방학 때 사라졌어요.

그때는 당황도 하고 화도 많이 났어요. 솔직히 어떤 엄마가 자식을 두고 가출을 합니까.

물론 사고만 치는 아들이 싫어서 떠난 거겠죠. 엄마도 내가 왜 이런지 모를 거예요. 제가 말을 잘 안 하니까요.

이렇게 되니 엄마 이야기를 안 할 수가 없겠네요. 저희 엄마는 다른 엄마랑 좀 달라요. 키도 많이 크고, 꾸밀 줄도 몰라서 솔직히 창피할 때도 많았어요. 음식도 잘 못하고 살림에도 취미가 없었고요. 물론 저는 다 괜찮아요. 근데 친구들이 우리 엄마 못생겼다고 놀리면 쫓아가서 패는 게 일이었어요. 나중엔 그것도 귀찮아져서 모두에게 관심을 끊었지만요. 말이 없어지니까 잘난 척한다고 괴롭히는 애들이 생겼지만 상관 안 했어요.

그런데 2년 전 그날은…… 정말 참을 수가 없더라고요. 어이없는 죄까지 뒤집어씌우는데 무시할 수도 없고요. 죽기 살기로 들이받았어요. 맞아도 아프지도 않더라고요. 희한하게 시원했어요.

경찰서에 합의서를 제출하고 돌아오는데 엄마가 심각한 표정으로 물었어요. 도대체 뭐가 문제냐고. 숨이 막혔어요. 그렇다고 엄마가 문제라고 할 수는 없잖아요. 나 때문이요. 태어나길 그렇게 문제아로 태어났잖아요……. 라고 말하고 싶었지만, 그 말도 못 했어요. 짜증 나서 그냥 이랬어요. 문제요? 그런 거 없는데요? 그랬더니 이번엔 솔직하지 않다고 화를 내더라고요. 엄마랑 싸우기 싫어서 가출했는데 며칠 뒤 엄마한테 이상한 문자가 왔어요. 내가 나갈 테니 넌 들어와라.

그날 이후 정말 엄마가 사라졌어요. 어디로 갔는지도, 뭘 하고 사는지도 몰라요.

엄마가 사라진 뒤에 연락 끊겼던 고모가 저의 후견인이 됐어요. 제가 미성년자라 후견인이라고 부르기는 하는데, 그냥 생활비 주는 사람이에요. 그게 엄마 돈인지, 돌아가신 아빠 돈인지는 묻지 않았어요. 돈이 바닥나면 그때 알려 주겠죠.

저에겐 행복한 기억 하나가 간절합니다. 여러 개도 필요 없어요. 딱 하나면 돼요. 떠난 엄마를 이해할 수 있는 기억 하나만 있다면 적어도 지금보다는 나아질 것 같아요.

꼭 신청서가 통과돼서 합격했으면 좋겠습니다. 감사합니다.

합격시켜 달라니, 내가 써 놓고도 얼굴이 화끈거렸다. 이런 아부는 태어나서 처음 해 본다. 액정 카드에 '답장 쓰기' 아이콘을 클릭해 써 놓았던 글을 옮겨 붙이고는 '보내기' 아이콘을 눌렀다. 비밀번호까지 입력하니 안내 문자가 왔다.

축하합니다!

고객님을 크루즈 '공중 호텔'에 모시게 되어 기쁩니다.

예상 투숙 기간은 이번 주 토요일부터 일주일이며

당일 오전 메시지에 따라 이동해 주세요.

살짝 속은 것 같은 기분이 들었다. 이렇게 기다렸다는 듯 답장이 온다고?

액정 카드에서 축하 메시지와 함께 호텔 안내 영상이 흘러나왔다. 넋을 놓고 보고 있는데 긴급 메시지가 떴다.

보안을 위하여 모든 영상이 삭제됩니다.

영화 미션 임파서블의 한 장면처럼 펑, 액정 카드가 터져 버렸다. 정말 비밀 작전이 시작된 거다.

하늘 위 공중 호텔

30여 분 동안 비행기는 가파르게 올라갔다. 45도 정도 기울어진 기체는 긴 시간 불안정한 상태였다. 나는 흔들리는 몸을 고정하기 위해 몇 번이나 벨트를 확인했다.

기억 여행 서비스를 제공하는 공중 호텔은 땅으로 내려오지 않고 계속해서 날아다니도록 설계됐다. 고객은 호텔이 운영하는 전용기를 타고 하늘 위로 올라가야 한다.

"공중 호텔이다!"

호들갑스러운 목소리에 고개를 돌렸다.

"저게 뭐야?"

거대한 공중 호텔의 모습에 입이 떡 벌어졌다. 그래 봤자 비행기일 뿐일 거라는 막연한 상상이 완전히 깨졌다.

"정말 크루즈 여객선이잖아!"

그랬다. 보고 있는데도 믿기지 않았다. 호텔은 바다를 제패한 바이킹이 귀환한 것처럼 구름 위에서 당당하게 위용을 과시하고 있었다. 파르르 눈이 깜박여졌다. 일반 크루즈 선박과 다른 점이 있다면 날개가 달렸다는 것뿐, 어마어마한 규모의 크루즈였다. 탄성을 지르던 사람들이 사진을 찍으려고 핸드폰을 꺼내자 안내 방송이 나왔다.

"승객 여러분, 사진 촬영은 금지 사항입니다. 발각되면 바로 퇴실 처리하오니 참고하시기 바랍니다. 안전한 비행을 위해 정면을 보고 착륙 준비를 해 주세요."

비행기는 공중 호텔 위로 나란히 올라가더니 평행하게 선체를 맞추기 시작했다.

"저희 N99편 비행기가 스카이 크루즈로 도킹을 시도하고 있습니다. 움직이지 말고 안전하게 기다려 주시기 바랍니다."

도킹하려면 두 개의 비행기가 완전한 평행을 이루어야 한다. 승객들은 조금 긴장한 얼굴이었다. 얼마 지나지 않아, 앞뒤로 흔들리던 기체가 요란한 굉음을 울리며 멈췄다. 도킹에 성공한 것이다. 사람들은 손뼉을 치며 환호했다.

"승객 여러분, 비행기가 안전하게 도킹에 성공했습니다. 녹색 불이 켜지면 승무원 안내에 따라 스카이 크루즈 안으로 이동해 주시기 바랍니다."

승무원은 자리에서 일어나 커튼을 활짝 열어젖혔다. 아래로 내려가는 계단이 드러났다. 두 개의 비행기를 잇는 작은 통로, 그 은밀한 구멍으로 사람들이 줄지어 내려갔다. 알 수 없는 긴 장감이 감돌았다.

"우아, 드디어 왔네요. 신기해요."

계단 아래에서 누군가가 크게 소리쳤다. 맨 마지막으로 내려가던 나는 뒤를 돌아 승무원을 봤다. 문이 닫히면 승객 모두는 공중에 남게 될 거다. 비행기가 데리러 와 주지 않는다면 이들은, 아니 나는, 앞으로 어떻게 될까.

"승객 여러분, 이제 문을 닫습니다. 안녕히 가십시오. N99편은 언제나 여러분의 즐거운 여행을 위해 최선을 다하고 있습니다. 즐거운 여행 되십시오."

스르르 천장이 닫히자 작은 방이 움직이기 시작했다. 들어가는 길도, 나오는 길도 모두 원격으로만 운영되는 엘리베이터였다. 띵! 소리와 함께 엘리베이터 한쪽 문이 열리자 승객들은 일제히 탄성을 질렀다. 한 번도 보지 못했던 화려한 불빛에 눈이 부셨다.

*

 체크인을 기다리는 동안 승객들은 로비 중앙에 마련된 고급스러우면서도 푹신한 의자에 앉아 파란색으로 빛나는 음료수를 마셨다. 파란 음료 안에 들어 있는 흰색 덩어리는 푸른 하늘을 떠도는 뭉게구름처럼 보였다. 신기하게도 한 모금 마실 때마다 구름 모양이 바뀌었다.

 "차석준 고객님, 앞으로 나오시겠습니까?"

 화려한 실내 장식과 요란한 조명에 조금 경직됐던 나는 내이름을 부르는 소리에 겨우 정신을 차렸다.

 "안녕하세요."

 훤칠한 키에 진한 눈썹, 단정한 입술을 가진 중년 남자가 다가왔다. 친근한 얼굴이었다. 가슴에 달린 짙은 녹색 이름표가 도드라졌다. 거기엔 '마스터 한(Master Han)'이라고 써 있었다.

 "어서 오세요. 이제부터 퇴실할 때까지 제가 모시겠습니다. 마스터 한입니다."

 마스터? 명칭이 낯설었다. '미'스터가 아니라 '마'스터라니.

 묻지도 못하고 남자를 따라 걸었다. 로비를 빠져나오자 어디선가 바다 냄새가 났다. 대형 스크린에는 바다처럼 보이는 풍경이 펼쳐지고 있었다. 공중 호텔을 스카이 크루즈라고 부르는 이유는 바로 이것 때문이었다.

"놀라셨죠? 저희 크루즈는 내부만 보면 정말 배를 타고 있는 것 같아요. 정교한 설계에 최첨단 기술을 얹은, 하늘을 나는 배라고 할 수 있지요."

남자는 파도 치는 바다 영상 앞에 멈췄다. 센서가 작동되자 스크린이 좌우로 갈라졌다. 엘리베이터였다. 엘리베이터에 올라타자 제일 먼저 눈에 띈 건 버튼이었다.

ROOM PLAYING TRAVELING HEALING MASTERING

세로도 아닌, 가로로 정렬된 버튼은 처음 봤다. 아무것도 만지지 않았는데도 자동으로 불이 들어왔다. 호기심에 버튼을 만져 보았다.

"그걸 손으로 누른다고 불이 들어오지는 않습니다."

남자의 말을 들으며 손가락을 오므렸다.

"그럼……."

'그럼 원격인가 봐요. 아니면 카드 키 같은 게 필요한가요?' 라고 생각하며 남자를 보았다. 남자는 알아들었다는 듯이 대답했다.

"맞습니다."

그러고는 팔목에 찬 밴드를 흔들어 보였다.

"이 손목 밴드는 초소형 고기능 컴퓨터예요. 우리는 이걸 '미니(Mini)'라고 부르죠"

금속 재질로 된 밴드 주변에서 불빛이 새어 나왔다. 남자는 계속해서 말했다.

"층 설명을 해 드릴게요. 플레잉(Playing) 층은 노는 곳입니다. 밥도 먹고 쉬기도 하고, 노는 곳이에요. 거의 하루를 저기서 보내실 겁니다. 자유롭게 다니실 수 있어요. 트레블링(Traveling) 층은 기억 여행을 하는 방이고, 힐링(Healing) 층은 옵션 공간, 마스터링(Mastering) 층은 저희 마스터와 스텝들, 또 전문의가 있는 곳이에요. 차석준 씨는 주로 플레잉 층과 트레블링 층을 오가실 겁니다. 다른 층은 기회가 없다면 아예 오실 수도 없고요. 그리고 마지막 룸(Room) 층은 지금 가는 객실입니다."

나는 벽면을 뚫어져라 쳐다봤다. 아무리 봐도 이상했다. 내가 처음 도착했던 로비가 보이지 않았다.

"저기, 돌아갈 때는 어느 층으로…… 가요?"

"로비 버튼은 없습니다."

이건 또 무슨 소리인가. 처음 왔던 층으로 돌아가는 버튼이 없다니. 그럼 집엔 어떻게 돌아가지?

"그, 그럼요?"

"기억 여행이 모두 끝나면 다시 로비로 돌아오도록 프로그램되어 있습니다."

기계음처럼 일정하고 침착한 목소리였다. 친절한 말투였지만 뭔가 찝찝했다. 호텔 직원들이 허락해 주지 않는다면 돌아갈 방법이 없다는 뜻이 아닌가.

"저, 저는 원래 일주일……."

위압감에 입술이 바짝 말랐다. 보호자도 없이 낯선 세계에 왔다는 현실이 실감 났다.

"걱정하지 마세요. 프로그램이 모두 끝나면 다시 로비로 가시게 될 겁니다."

긴장된 어깨를 힘주어 펴고 나니 천천히 문이 열렸다.

"환영합니다. 고객님."

물건을 나르던 로봇이 인사했다. 효율성을 높이기 위해 손을 여러 개 장착한 이동형 로봇은 휴머노이드 초기 모델로 보였다. 최소한의 장식만을 갖춘 단단한 골격은 짐꾼으로 제격이다.

"저기 복도 끝에 손님 방이 있습니다. 제가 특별히 신경 썼어요. 전망이 최고거든요."

발바닥에 약한 전류가 느껴졌다. 발바닥을 타고 종아리까지 타고 올라오는 것이 조금 불편했다. 신발 바닥을 힐끔 보았다.

마스터가 설명했다.

"아시다시피 이 호텔은 육지로 내려가지 않고 계속 공중에 떠 있기 위해서 전기 에너지를 스스로 만들고 있어요. 핵융합 과정을 통해 충전되는 방식이죠. 예민하신 분들은 전류의 흐름을 느낄 수 있는데, 불편하시면 호텔에서 제공되는 슬리퍼로 갈아 신으세요. 전류를 차단해 주거든요."

방문 앞에 섰을 때 옆방에서 누군가 나왔다.

"안녕하세요."

고개를 돌려보니 허리까지 내려오는 긴 머리의 여자애가 우리를 보고 있었다. 안경을 쓴 얼굴은 창백했다. 무슨 말을 하려는 것 같은 표정이었다. 남자는 가볍게 눈인사를 하고 내 방문을 열었다.

"자, 들어가시죠. 방을 소개해 드릴게요."

호텔 방은 평범했다. 눈에 띄는 건 대형 창문이었다. 큼지막한 창문엔 손에 잡힐 것 같은 큰 구름이 보였다.

"와!"

수증기 입자들이 모여 형성된 거대한 크기의 솜뭉치가 창문을 가득 채우고 있었다. 구름은 유리창에 닿았다가 조금씩 밀려 나가는 것처럼 보였다. 마치 구름에 올라탄 것 같은 기분이었다.

"이건 진짜 풍경인가요?"

내가 참지 못하고 물었지만 남자는 아무렇지도 않다는 듯 대답했다.

"왜 진짜냐고 물어보시죠?"

"너무 크고 아름다워서, 좀…… 가짜 같아요."

"아까 봤던 그 바다 풍경처럼?"

"네. 그냥 스크린 영상인가 해서요."

남자는 미소를 지으며 창틀에 있는 작은 버튼을 눌렀다. 누를 때마다 창문 밖 풍경이 조금씩 달라졌다. 빛도, 구름 크기도 조금씩 차이를 보였다.

"신기하죠? 저는 창가에 서서 이렇게 버튼 누르는 걸 좋아한답니다."

"이건 또 뭐죠?"

"정확하게 말하면 필터라고 해야죠. 편안한 톤으로 외부 환경을 감상하실 수 있어요. 버튼을 누를 때마다 조금씩 다르게 보이게 만들었거든요."

외부 풍경에 필터를 끼운다는 것이 조금 불편했다. 나를 가만히 보던 남자가 다시 말했다.

"하지만 중요한 건 바뀌지 않습니다."

"중요한 거? 그게 뭔가요?"

남자는 입가를 올리면서 대답했다.

"우리가 구름 위에 있고 하늘을 날고 있다는 사실이요."

또 다른 세계

마스터 한은 벽장을 열어 작은 상자 하나를 꺼냈다.

"열어 보세요. 웰컴 기프트입니다."

뚜껑이 부드럽게 열렸다. 고급스러운 금속 소재의 밴드가 들어 있었다. 남자의 손목에 있던 '미니'라는 밴드와 비슷해 보였다. 그런데 잠금장치도 보이지 않고, 손목을 감싸기엔 너무 짧았다.

"저한텐 너무 짧은데요?"

"팔목에 대 보세요."

손목에 올리자 짧게 보이던 벨트가 조금씩 늘어나더니 철컥 소리를 내며 손목에 채워졌다. '파워 온(Power on)'이라고 소리가 새어 나오고 초록 불빛이 반짝였다.

"켜진 건가 봐요. 따뜻해지네요."

"피부 온도에 맞춰져 있어요. 피부에 닿으면 자동으로 동기
화가 되거든요. 이제부터 고객님의 심박수나 혈압, 콜레스테롤
은 물론 모든 건강 정보가 기록될 거예요. 호흡과 수면의 질은
어느 정도인지, 소화는 잘되고 있는지, 데이터로 만들어 클라
우드에 자동 저장해요. 이건 필수 의학 정보입니다."

남자가 나간 뒤 나는 침대에 몸을 던져 누웠다. 매트리스가
푹신하게 몸을 감싸는 듯하더니 이내 사방에서 이상한 소리가
나기 시작했다. 꿀렁꿀렁, 꼬르륵, 피우웅.

"으악, 이건 또 뭐야?"

가슴을 두드리는 심장 박동 소리, 방금 마신 물이 위장과 소
장을 내려가는 소리, 방귀가 몸을 빠져나가는 소리까지. 신체
가 내는 소음이 확성기라도 거친 듯 요란하게 울렸다. 벽면에
커다란 영상이 뜨더니 심전도, 폐활량, 산소 포화도, 몸무게,
키, 체지방 같은 정보들이 그래프로 나타났다.

소리를 꽥 지르며 침대 밖으로 뛰어나왔다. 그리고 손목에
있던 미니 밴드에게 소리쳤다.

"미니, 저걸 좀 끌 수는 없어?"

그러자 '사운드 오프(Sound Off)' 소리와 함께 모든 게 사라졌다.

방문을 열고 밖으로 나왔다. 엘리베이터는 기다렸다는 듯이 나를 태우고 플레잉 층으로 안내했다. 엘리베이터 문이 열렸을 때 내 눈은 휘둥그레졌다.

"이게 뭐야?"

어마어마한 크기의 천장이 나를 압도했다. 기계식 열기구가 공중에 둥둥 떠 있고 투명 유리 천장에는 하늘이 붉게 물들어 있었다. 전혀 다른 세계에라도 온 것 같았다.

어디선가 맛있는 냄새가 났다. 냄새를 따라 발을 빠르게 움직였다. 곧 넓은 광장이 나왔고 광장에는 크고 작은 식당이 줄지어 있었다. 홀로그램 광고판에는 커다란 글자가 흘렀다.

> 모두 무료입니다. 마음껏 즐기고 마음껏 드세요.

천천히 구워지는 바비큐 고기가 진한 향을 내뿜었다. 매일 여덟 시간씩 훈제로 익혀 내놓는다는 고기는 부위별로 나뉘어 진열돼 있었다. 반짝이는 칼로 잘라 낸 신선한 생선회는 먹음직했다. 싱싱한 과일이 줄지어 있고 막 로스팅을 끝낸 커피의 향도 강렬했다. 누구나 먹고 즐길 수 있는 뷔페식 공간이었다. 가격이 모두 무료라니. 식욕이 폭발하는 것 같았다. 사람들 사이에 섞여 마구잡이로 접시에 음식을 담았다.

그릭 요거트 양념으로 부드러운 맛을 낸 최고급 쇠고기 안심이에요.
땅속의 다이아몬드로 알려진 트러플 치즈를 뿌려 드시면
더욱 맛있습니다. 양은 충분합니다.

허겁지겁 먹고 있을 때 도우미 로봇이 옆으로 다가왔다.

"물을 드세요."

로봇은 물 한 컵을 내 식탁 위에 내려놓았다. 사람과 비슷하게 생긴 휴머노이드 차세대 로봇은 내부 장기를 엉성하게 드러낸 채 구부정하게 서 있었다. 누가 봐도 로봇인데 나도 모르게 인사해 버렸다.

"고맙습니다."

로봇한테 고맙다는 인사나 하고 있다니. 한심하기도 하지.

"고객님 이곳은 습도가 매우 낮은 비행기 안입니다. 수분 섭취가 매우 중요해요. 오렌지 주스와 물을 더 드세요."

로봇은 나의 신체 정보를 감지한 것처럼 말했다. 로봇이 지나간 뒤, 돔 모양의 천장을 보며 생각했다. 비행기를 누가 이렇게 만들었을까. 하늘 위를 날고 있다는 걸 잊어버릴 만큼 완벽한 설계라니. 적당한 조도와 온도, 간간이 불어오는 시원한 바람까지. 나무랄 데가 없었다.

배를 채우고 바로 일어섰다. 싱싱한 수박 주스를 들고 탐색을 시작했다. 미로처럼 이어지는 길을 따라가니 다양한 종류의 휴식 공간들이 있었다. 카페도 있고 빵집도 있었다. 아로마 휴게실과 작은 정원도 보였다. 작은 영화관이라는 안내 문구도 보였다. 그 어느 즈음이었다. 어디선가 비릿한 바다 냄새가 났다. 시원한 바람이 얼굴을 때렸다.

냄새에 끌려 걸어가니 끝없이 펼쳐진 바다가 요란한 소리로 내게 인사했다. 머릿속이 멍해졌다. 모래사장에 누워 있는 사람들, 파도를 타며 세일링을 하는 무리가 보인다. 손에 들고 있던 수박 주스를 벌컥벌컥 마셨다.

어디까지가 진짜 물이고 어디서부터가 스크린 영상인지 구별하기도 어려웠다. 정교한 바다 풍경 속으로 천천히 섞여 들어갔다. 허리를 굽혀 바닥에 있는 모래를 한 움큼 쥐어 보았다.

"이거 진짜 바다에서 가져왔나?"

손가락 사이로 모래를 흘려보내고 물 안으로 들어갔다. 발에 부딪히는 인공 파도의 압력이 너무 적당해서 소름이 돋았다. 더할 나위 없이 평화로운 풍경이었다. 너무 완벽해서 인조 바다라는 걸 인정할 수밖에 없는, 그래서 더 아름다운 바다.

그때 어딘가에서 귀를 쪼개는 비명이 들렸다.

"으아악!"

누군가 허우적거리고 있었다. 안내 요원이 있나 재빨리 살펴보고는 윗도리를 벗어 던졌다. 첨벙첨벙 물 안으로 뛰어 들어갔다. 인공 파도 때문에 몸이 휩쓸리는 게 느껴졌다.

"기다려요! 가만히! 가만히!"

소리 치며 물에 빠진 사람 앞으로 빠르게 헤엄쳐 갔다. 몸이 축 늘어지는 게 보였다. 서둘러 목을 끌어안고 밖으로 헤엄쳐 나왔다.

"괜찮으세요?"

그제야 안전 요원이 달려오며 물었다.

"잘 모르겠어요. 도와주세요."

나는 한 걸음 뒤에서 누워 있는 사람을 다시 보았다. 낯설지 않은 얼굴이었다. 어디서 봤더라? 생각을 더듬으니 떠올랐다. 객실 앞에서 봤던 그 여자애였다. 다행히 여자애는 숨을 몰아쉬며 깨어났다.

"도와주셔서 감사합니다."

한 남자가 내 윗도리를 들고 다가오며 말했다. 옷을 받아 주

섬주섬 입으며 남자를 다시 봤다. 허리에 딱 떨어지는 짧은 재킷이 조금 우스꽝스럽게 보였다. 색을 맞춘 모자까지 쓰고 있으니 꼭 호텔 벨보이 같았다.

"그런데, 누구…… 시죠?"

"왓쳐라고 합니다. 서비스를 제공하는 호텔 직원이에요. 이런 경우가 거의 없는데 저희가 한발 늦었네요. 다시 한번 감사합니다."

가슴에 'W27'이라는 이름표가 보였다.

"근데 명찰에 성함은 없고 숫자만 있어요."

"맞습니다. 저희는 숫자로만 기억하셔도 돼요."

젖은 머리를 손으로 털고 있는데 밴드에서 알람이 울렸다. 액정 안에 글자가 깜박였다.

지금 트래블링 층으로 이동해 주세요.

플레잉 층에서 트래블링 층으로 이동하는 승강기 내부에서 잠깐 생각했다. 버튼이 가로로 있으니까 승강기도 가로로 움직이는 걸까. 아니면 위치를 속이기 위해 가로로 쓴 걸까. 움직임을 확인하고 싶어 벽에 기대니 미세한 전류가 느껴졌다.

트래블링 층에서 시선을 잡아끈 것은 높은 천장까지 이어지는 장식 계단이었다. 계단은 벽과 천장을 오가며 끝도 없이 이어지고 반복됐다. 기묘한 풍경이었다. 영화감독들이 좋아한다는 판화가 에서(Maurits Cornelis Escher)의 작품 속에 들어온 것 같았다. 어디로 가야 하나 고개를 갸웃거리고 있을 때 오른쪽 끝에서 덜컹 하고 문 하나가 열렸다.

'여긴 참, 별게 다 원격이네.'

탈의실이었다. 바닥에 글자가 흘렀다.

옷을 갈아입으세요.

병원 환자복처럼 생겼지만 뭔가 조금 기괴한 모습이었다. 징이 잔뜩 박힌 특이한 형태의 가운이었다. 거울 앞에 서서 변신을 끝낸 나를 가만히 봤다.

'정말 여긴 평범한 게 하나도 없어.'

그때 거울이 스르륵 소리를 내며 양쪽으로 갈라졌다. 그 틈으로 넓은 공간이 펼쳐졌다. 마스터 한이 가만히 날 보고 있었다. 흰색 가운을 걸쳤을 뿐인데 그럭저럭 의사처럼 보였다. 아니, 솔직히 꽤 잘 어울렸다. 마스터라고 하더니 정말 별걸 다

하나 보다.

"이쪽으로 와서 앉으세요."

비닐 소재의 투명한 소파가 반짝였다. 소파는 보기와 달리 몸에 닿는 감촉이 폭신하고 부드러웠다. 마치 사람의 피부처럼 따뜻했다. 누군가의 품에 안긴 것처럼 편안해졌다.

"의사⋯⋯ 였어요? 마스터님?"

"네. 의사이면서 개발자입니다. 뇌 과학 박사고요."

마스터 한은 보온병처럼 생긴 주전자에서 차 한잔을 따라 주며 다시 시선을 맞췄다.

"신청서 잘 읽었습니다. 솔직하게 쓰셨더군요."

기다렸던 말이었다. 아니, 따지고 싶던 말이었다. 신청서 잘 못 쓰면 떨어뜨릴 것처럼 하더니.

"솔직한지 아닌지 어떻게 알아요?"

"받으셨던 액정 카드에 거짓말 탐지 기능이 있었어요."

"아!"

마스터 한은 자만하는 표정으로 말을 이었다.

"저희 호텔에서는 잃어버린 기억을 찾아드리기도 하고, 과잉 기억을 지우기도 합니다. 물론 고객이 원하는 기억이라면 강화해 드리고요. 신청서는 여행 목적을 설정하는 용도예요."

침이 꿀꺽 넘어갔다.

"그럼, 이제 뭘 하나요?"

"정신과 상담을 꽤 오래 받았던데 왜 그런 거죠?"

이런 정보는 또 어떻게 알까. 신청서에 개인 정보 제공 동의 란이 있었던 게 생각났다. 그렇다고 의료 정보까지도 모두 볼 수가 있나?

"일곱 살 때, 기억을 한 번 잃었어요. 사고가 났었다고 들었고요. 그래서 정기적으로……."

내 입으로 이 이야기를 꺼내다니. 방금 마신 차 때문일까. 방어 기제가 멈춘 것 같은 기분이었다.

"그럼, 그때 기억을 다시 찾고 싶은 건가요? 잃어버린 기억을?"

"그니까. 그게……."

아무리 기억 여행자를 위한 호텔이라지만 이렇게 꼬치꼬치 물을 줄은 몰랐다. 식은땀이 나는 것 같아 어깨를 움츠렸다.

"그니까 저는 그냥, 좋은 기억이라면 다 좋을 것 같아요. 일단은 엄마와의 좋았던 기억을……. 그걸 찾아서 강화하고 싶어요."

"좋습니다. 그럼 특별한 시간을 가져 볼까요?"

마스터 한은 자리에서 일어나 한쪽 벽을 밀었다.

"뭐 하시는 거예요?"

벽면에 있던 것은 센서였다. 바닥이 투명해지는가 싶더니 요란한 디스플레이 영상이 나타났다. 그 위로 깔린 반짝이는 케이블 선을 따라가니 아기 요람처럼 생긴 캡슐이 보였다. 내부가 훤히 들여다보이는 캡슐은 마치 자궁으로 이어지는 탯줄 같은 선들에 싸여 있었다.

"이 선은 다 뭔가요?"

"캡슐 안에는 3백만여 개의 전자기 센서가 달려 있는데요. 뇌 속의 전자기파를 측정하고 신경 세포 움직임을 관찰해 줍니다. 캡슐 안에서 고객이 기억을 시작하면 그게 영상으로 저장되거든요. 뇌 과학에 관한 모든 기능도 함께 갖추고 있어요. 기억을 떠올릴 때 소모되는 산소의 양까지 측정해 줍니다."

모두 이해할 수 있는 말은 아니었다. 그저 생경한 풍경에 몸이 굳었다.

"편안하게 생각하세요. 그냥 진실의 방이라고."

진실이라는 말이 무겁게 느껴졌다. 내 기억을 다른 사람 앞에서 공개한다는 생각은 해 본 적 없는데 머릿속이 발가벗겨지는 순간인 건가.

내가 갈아입은 옷은 캡슐 침대를 위해 특별히 제작된 것이었다. 캡슐 침대 센서에 반응해 전기 자극을 일으키는 회로가 옷 안에 정밀하게 채워져 있었다.

"시작할까요?"

마스터 한이 버튼을 누르자 캡슐 뚜껑이 천천히 열렸다. 수백 개의 센서들이 작은 별처럼 반짝였다.

"편안히 누우세요."

캡슐 안은 따뜻하고 포근했다. 입고 있던 옷과 기기가 밀착되는가 싶더니 낮은 신호음이 울렸다. 그리고 캡슐 뚜껑이 미끄러지듯이 닫혔다.

"하아……."

내 얼굴과 캡슐 뚜껑은 겨우 한 뼘 거리 만큼 떨어져 있었다. 실눈을 뜨고 보니 정면에 작은 스크린이 보였다.

"테스트입니다. 편안한 장면을 떠올려 보세요. 좋아하는 풍경 같은 거요."

마스터 한의 목소리가 캡슐 안까지 또렷하게 들렸다. 눈을 감고 처음 봤던 공중 호텔의 모습을 떠올렸다. 태양에 붙잡혀 구름에 잠긴 듯 빛나던 대형 스카이 크루즈.

살짝 눈을 떴다. 놀랍게도 방금 떠올렸던 이미지가 스크린

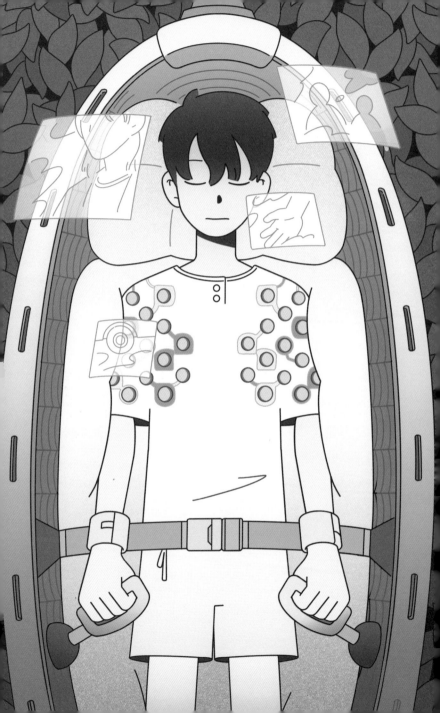

안에 담겨 있었다.

"잘하고 계시네요. 처음 본 호텔 이미지는 오래 가니까요. 다른 건 또 없을까요?"

영상으로 기록된다고 하니 망설여졌다.

"테스트 중이니까 생각을 멈추지 말고 편안하게 여러 가지를 떠올려요. 이번엔 오래된 장기 기억 중 하나를 재생해 봅시다. 감정을 자극하는 힘들었던 기억을 꺼내야 해요. 그게 여행에 방해가 된다면 조치를 해야 하니까."

천천히 숨을 내쉬면서 눈을 꼭 감았다. 순간 이동이라도 시작된 것 같았다. 이상한 기억이 떠올랐다. 깡마른 엄마가 기다란 다리를 휘청거리며 어디론가 뛰고 있었다. 나는 엄마의 보폭에 맞춰 억지로 뜀박질을 하고 있었다. 그 모습이 지금의 나는 아니다. 점점 어려지는 것 같더니 아주 어린애가 되었다. 그러다 꿈속에 첨벙 떨어진 듯, 거미들이 가득한 어느 방에서 혼자 두리번거렸다.

"엄마⋯⋯. 무서워요. 무서워. 싫어⋯⋯ 싫어!"

고개가 흔들리고, 몸이 벌벌 떨렸다. 그때 누군가의 목소리가 들렸다.

"내가 도와줄게. 걱정하지 마."

"누구세요?" 하고 물으려는 순간 생각이 스쳤다. 언젠가 들었던 목소리였다. 분명 내가 아는 사람인데?

눈이 번쩍 떠졌다. 하지만 스크린엔 아무 영상도 없었다.

"영상이 아무것도…… 없는데요. 뭐가 잘못된 건가요?"

마스터 한의 목소리가 캡슐 안으로 울렸다.

"장기 기억들이 파편화되어 있네요."

"그건 또 무슨 뜻인가요?"

"기억들이 조각나서 하나로 이어지지 않아요. 게다가 있는 것들마저 들러붙어서 그림자로만 기록됐고요."

캡슐 뚜껑이 열렸다. 어디선가 선선한 바람이 불어오는가 싶더니, 이마와 등에 흐르던 땀을 날려 주었다.

"기억이 그림자로 되어 있다면……. 그럼 저는 기억 여행이 안 된다는 건가요?"

마스터 한은 고개를 저었다.

"저희 기술은 상상 이상입니다. 장기 기억을 꺼내기 위해서 잠금장치를 열어 줄 열쇠를 만들 거예요. 그러고 나면 가장 행복한 기억 여행을 하게 될 겁니다."

"장기 기억…… 열쇠요?"

"의학적으로는 리트리벌 큐(Retrieval cue)라고 불러요. 인출

단서죠. 기억을 꺼내는 특별한 장면을 말해요."

곁에 서 있던 왓쳐가 다시 누우라며 손짓했다. 아이처럼 캡슐 안에 웅크리니 향기로운 바람이 불어왔다.

"아까보다 깊은 수면 상태로 갑니다. 도움이 될 만한 마취제를 약간 넣었어요."

코에 살랑이던 찬 바람이 훅 흡수되는 게 느껴졌다.

첫 번째 기억 여행

내 기억의 조각은 머리를 붙잡고 울던 모습에서 시작된다. 나는 이렇게 소리친다. "엄마, 나 왜 옛날 생각이 아무것도 안 나요? 이젠 기억하고 싶어요." 하지만 곧 다짐한다. 노력해 보자. 짧은 순간도 잊지 않도록. 방심하다 뭔가를 또 잊지 않도록. 더 노력해야 해. 그렇게 꽤 오랫동안 결심을 했고 기억에 대한 감정은 어느 날부터인지 두려움이 되어 있었다.

기억의 총량을 줄이기 위해 친구는 사귀지 않았다. 실수하기 싫어 존재하지 않는 사람이 되기로 했다. 그렇게 열심히 외톨이가 되었지만 참 이상했다. 말없이 혼자 지내는 나를 왜 아이들은 그렇게도 주목했을까. 기억에 대한 집착 때문에? 성적이 잘 나와서였을까? 말 없는 침묵이 잘난 척으로 보여서였을까? 아니면 누군가 말한 것처럼 원래부터 재수 없는 놈이어서였나?

초등학교 6년, 중학교 3년까지 잘 참고 살았다. 중학교를 졸업하면 다 때려치우고 검정고시나 봐야겠다고 생각하던 그때, 그 일이 터졌다.

여름 방학을 며칠 앞둔 나른하게 덥던 그날, 나는 외면하고 싶던 현실을 봤다. 아이들에게 나는 '존재하지 않는 사람'이 아니었다. 분명히 존재하지만 무시해도 되는, 대놓고 조롱해도 되는, 그런 사람이었다.

"너희들, 석준이네 엄마 봤어? 어깨가 장난이 아니던데?"

"농구 선수인 줄……."

"야, 치마 봤어? 패션 감각은 또 어떻고."

키득거리던 웃음소리. 진짜야? 왜 어떻길래? 나 못 봤는데 지금 가서 구경할래? 나의 존재를 진짜 잊은 듯한 릴레이 뒷담화. 소란 속으로 들어와 주길 바라는 집요한 놀림. 어쩔 수 없었다. 소용돌이라 해도 뛰어들 수밖에 없었다. 아이들에게 말해 버렸다.

"그만해."

수십 개의 시선이 나에게 꽂혔다.

"뭐라는 거야. 씨발놈이? 옹알이는 건너뛰고 말부터 배웠냐?"

아무도 말리지 않았다. 가려졌던 비웃음이 허공에 떠돌았다.

"야, 엄마 얘기 좀 할 수 있지."

"그러게, 뭐 그리 예민해?"

그 순간에 내 머릿속 퓨즈가 탁 하고 끊어졌다. 나 역시 숨겨둔 감정을 터트렸다.

"닥쳐!"

아주 잠깐의 적막이 흐르더니 이내 소란해졌다.

"아이고, 무서워라. 석준이가 닥치라신다. 애들아, 인제 그만 닥쳐 드리자."

"근데 석준아, 너희 엄마랑 너 심히 닮았어. 유별난 게 모전자전인 듯?"

더 참을 수가 없었다.

"닥치라고 했잖아!"

머리를 숙이고 주먹을 쥔 채, 뜨거웠던 햇빛 아래로 덤벼들었다. 주먹을 휘둘렀다. 누군가의 주먹이 내 눈가를 강타할 때까지 몸부림은 계속됐다. 피 냄새가 흘러내렸다. 더러운 기억이 얼룩졌다. 힘없이 무너지는 나를 가만히 보았다.

그날 이후 팽팽하게 늘어났던 고무줄이 뚝 끊어진 것처럼,

나는 무기력의 늪에 빠졌다. 고등학교에 진학했지만 무엇을 기억해야 하는지조차 잊어버렸다. 멍하니 하루를 살았다. 성적이 곤두박질치자 관심도 사라졌다. 먹고, 자고, 배설하고, 숨 쉬는 기억으로만 채워졌다.

그런 나를 캡슐에 넣은 남자는 마술사라도 되는 것처럼 외쳤다.

"지금부터 장기 기억으로 갈 거예요. 깜짝 놀라게 될 겁니다. 이것이 인생을 바꿀 첫 번째 기억 여행이라고 생각하세요."

마취제 때문인지, 전류를 타고 흐르는 기억의 묘약 때문인지는 모르겠지만, 나는 정말 오래전으로 날아갔다. 간절히 떠올리고 싶던 의식의 장벽 너머였다.

*

터널 안에는 산뜻하고 잔잔한 바람이 불어온다.

어디선가 요란한 음악 소리가 들린다. 회전목마가 돌아가고 있다.

반짝이는 불빛도 아름답다. 갑자기 기분이 좋아진다. 누군가 나를 안고 말한다.

"어때? 좋아?"

마음이 편안해진다. 두려움이 사라진다.

"응."

다정한 목소리가 귀를 속삭인다.

"석준아, 저거 타러 갈까?"

가슴이 두근거린다. 내가 잘 알고 있는 목소리다. 나는 편안하게 대답한다.

"응, 아빠."

아빠다. 내가 머리를 두드리며 떠올리려 애쓰던 사람. 그 사람을 찾는다.

두리번거리다 시선을 고정하자 멀리 어떤 남자가 보인다. 커다란 키에 큰 몸집은 검은 그림자처럼 내 앞에 기울어진다.

"아빠! 아빠!"

거대한 그림자는 조금씩 뒤로 물러난다. 심장을 가득 채웠던 기쁨이 조금씩 잦아든다. 온몸이 움찔한다.

"오지 마, 안 돼! 거기에 그냥 있어!"

뛰어가려고 해도 발이 움직이지 않는다.

아빠에게 가고 싶다. 왜 나를 오지 못하게 하나요? 묻고 싶은데 말이 나오지 않는다.

"오지 마, 거기에 그냥 있어! 너는 그냥 거기 있어야 해."

아련한 슬픔이 찾아온다. 눈가가 뜨거워진다.

*

나도 모르게 눈물이 흘러내렸다.

기억 여행에서 빠져나왔지만 눈을 뜰 수 없었다.

아빠라니. 내가 떠올린 기억 속에 아빠가 있다니. 그렇게 오랫동안 나를 짓눌렀던 단절된 기억의 문을 열어 버리다니. 그것도 불과 몇 분 만에……

기억 여행을 끝내자 마자 방으로 돌아와 잠에 빠졌다. 꾹꾹 눌러 담아 두었던 쓰레기봉투가 터지기라도 한 것처럼 이상한 생각과 감정이 쏟아졌다. 꿈인지 상상인지 혹은 기억인지 모를 것들에 푹 빠져 헤매었다.

그리고 깊은 밤, 더 견디지 못하고 일어나 앉았다. 어렴풋한 기억과 달리 선명하게 남은 감정 때문이었다. 눈을 끔뻑이며 방 안을 둘러보다가 창밖 풍경에 눈이 휘둥그레졌다. 신비하게 빛나는 녹색 빛이 내게 쏟아지고 있었다.

"아! 이건……"

거대한 오로라가 출렁이며 나를 물들였다. 그것은 아무 일도 아니라는 듯 무심하게 내 방을 채웠다. 그러고는 마법을 부리는 정령처럼 내게 물었다. *아직도 두렵니?* 신비로운 빛을 향해 가만히 속삭였다. *아니요. 이젠 괜찮아요.* 나는 다시 눈을 감았다.

두려움이 걷히고 평온함이 차올랐다. 깊은 잠에 빠졌다.

*

아침부터 광장 식물 카페에선 나무가 음악에 맞춰 춤을 추고 있었다. 유전자 조작으로 만든 리듬 식물은 인공지능이 제공하는 비트에 맞춰 현란하게 몸을 흔들었다. 나도 본능적으로 리듬을 타며 고갯짓을 했다.

'기억 때문일까. 뭔지 모르겠지만 조금 달라진 것 같아.'

카푸치노를 마시며 지나가는 사람들을 구경했다. 기분이 이상했다. 누군가의 표정을 제대로 관찰한 건 정말 오랜만이었다. 나만의 리트리벌 큐가 생성되고 제대로 기억 여행을 시작하게 된다면 난 어떻게 달라질까. 저 사람들처럼 나도 활짝 웃을 수 있을까.

특별한 사람들만을 위한 비밀 공간,
공중 호텔 스카이 크루즈가 완전한 행복을 찾아 드립니다.

대형 스크린에 홍보 영상이 흘러나왔다. 나도 모르게 입가에 미소가 번졌다. 영상에서 손을 흔드는 그녀 때문이었다. 그녀는 내가 사랑하는 가미성이 아닌가.

천재 싱어송라이터 가미성은 열네 살에 자작곡만으로 싱글 앨범을 발표했다. 타이틀 곡이었던 〈이제 깨어나요〉는 오랫동안 나의 비상 탈출구가 되어 줬다. 내 삶을 훔쳐본 것 같은 노랫말로 날 위로해 주던 가수. 그런 나의 뮤즈가 공중 호텔 광고 모델이었다니.

"가미성 팬이야?"

놀라 입을 떡 벌리고 있을 때 옆에 있던 아줌마가 물었다.

"네. 왜요?"

"내가 깜짝 놀랄 만한 거 알려 줄까?"

"뭔데요?"

아줌마는 인심이라도 쓰듯 말했다.

"지금 이 호텔에 저 여자도 와 있어."

"예에?"

아줌마가 알려준 정보는 꽤 구체적이었다. 가미성이 공중 호텔 브이아이피(VIP) 고객이라는 것과 이번에는 한 달째 돌아가지도 않고 있다는 것.

"일반인은 비싸서 오지도 못할 호텔인데 여기서 한 달을 지내려면 돈을 얼마나 많이 내겠어? 홍보 영상 찍는 것도 한 달

호텔비에 보태려고 그런 거라는데, 벌써 생긴 게 씀씀이가 헤퍼 보이잖아?"

나는 미간을 찡그렸다.

"나쁘게 말하지 마세요. 유명인이라 관광지는 가기 힘드니까. 그래서 왔을 거예요. 조용히 쉬려구요."

"그거야 그렇겠지만. 사치스러운 것도 사실이잖니? 구경하고 싶으면 가 봐라. 방금도 해변에서 일광욕하고 있더라."

"진짜요?"

커피를 털어 마시고 해변으로 뛰었다. 이미 한 무리의 사람들이 소란을 떨고 있었다. 소음이 커질수록 가슴이 쿵쾅거렸다. 사람들을 밀치며 안으로 몸을 디밀었다. 드디어 보고 말았다. 나의 스타가 내 앞에 서 있는걸.

"가미성이다!"

하얀 피부와 강렬한 아우라에 눈이 부셨다. 내 다리는 힘이 풀려 쓰러질 듯 휘청거렸다. 가미성은 작고 연약한 어깨를 당당하게 펴고 한 걸음씩 다가오고 있었다. 펄럭이던 그녀의 비치가운이 내 몸을 스쳤을 땐, 머릿속에 폭죽 터지는 소리마저 울렸다. 지상에서 겨우 몇십 킬로미터를 올라왔을 뿐인데 정말 환상 같은 일이 계속 벌어졌다.

아무도 가지 않는 길에 있었어

– Standing on the road that no one takes.

아무도 도와줄 사람 없었지

– There was no one to help me.

용기 있게 내민 첫발

– Take the first step courageously.

고통이 나를 사랑하게 했어

– Pain teaches me to love myself.

이제 깨어나요

– please get up now.

일어나 걸어요

– Stand up and walk straight.

오, 단 하나뿐인 당신

– Oh, you are the only one(in my world).

내가 함께 할게요

– I'll be on your side.

〈이제 깨어나요〉 by Ga-misung

가미성이 해변을 떠난 뒤, 선베드에 누워 그녀의 노래를 흥얼거렸다. 기분이 이상했다. 설명하기 어려운 상쾌함이 나를 간지럽혔다. 대형 유리 천장 건너에 있는 진짜 세상을 훔쳐봤다. 떠다니는 구름도, 강렬한 빛을 뿜어내는 태양도, 더할 나위 없이 만족스러웠다.

'모든 게 너무 잘 풀려서 오히려 불안할 정도야. 기억 여행을 빨리 끝내고 달라진 나를 확인하고 싶어.'

이렇게 완성된 감정을 품어 본 적이 없다. 빈약한 심장엔 늘 뭔가가 부족했으니까. 그런데 오늘은 다르다. 노랫말 가사처럼 정말 그렇게 되고 싶다. 깨어나 걸어가고 싶다.

"석준아, 잘 있었어?"

그때였다. 즐거운 나의 사색이 와장창 깨진 것은. 굵직한 목소리가 내 머리 위로 떨어졌다. 거무튀튀한 피부와 단단한 몸이 느껴졌다. 찡그리며 고개를 올렸다. 한 남자가 서글서글한 눈매로 친한 척 웃고 있었다. 이 사람을? 이런 데서? 이렇게 만난다고?

"어? 여기 어떻게……."

"오랜만이다. 석준아."

"안녕하세요."

인사해 버렸다. 반갑지도 않은데.

"많이 컸네. 어른이 다 됐어."

"여기서 뭐 하세요? 초대장 받았어요? 여기 어떻게 알고 왔어요?"

"초대장은 무슨. 돈 내고 왔어. 줄도 좀 대서."

"왜…… 요?"

"왜요는……. 그냥 쉬러 왔지."

이 남자는 2년 전 내 폭행 사건을 담당했던 형사다. 거지 같은 놈들이 입을 맞춰 나를 폭행범으로 몰아가고 있을 때, 내 말을 들어 준 유일한 사람이었다. 쌍방이라는 단어를 꺼내 준 덕에 내가 소년원에 가지 않았으니 고마운 사람인 건 맞다. 그렇다고 반가울 것까지는 없다.

"여기 돈 있다고 다 올 수 있는 곳도 아닌데. 진짜 어떻게 오셨어요? 누가 이런 데 형사를 초대해요."

"쉿!"

입 다물라는 다급한 손짓에 어울리지 않는 윙크까지. 형사라는 직업을 감추고 싶은 것이다.

"아무튼 이게 얼마 만이지? 얼굴 좋아 보이네. 치료받으러 온 거야? 하긴 네가 기억에 문제가 좀 있기는 했었지?"

말해 봤자 귀찮아질 게 뻔해 입을 다물었다. 하지만 형사는 계속 떠들었다.

"엄마는 잘 계시니? 너희 엄마 참 좋은 분이셨는데……."

세상에! 나한테 엄마 안부를 묻는 사람이 있다니.

"엄마요? 글쎄요. 저도 몰라요."

"그게 무슨 소리야?"

"진짜 몰라요."

형사가 묘한 표정으로 얼굴을 디밀었다.

"너 혹시 가출했어?"

"아니요!"

이걸 솔직히 말해야 하나 말아야 하나.

"그럼 뭐야? 엄마가 실종됐다는 거야?"

"아니에요. 실종은 무슨. 저희 엄마 가출했어요."

형사의 눈이 동그래졌다.

"뭐? 가출? 엄마가 너를 두고 집을 나갔다고?"

엄마가 왜 집을 나갔는지 나도 모른다. 편지 한 통만 써 놓고
사라졌다는 말도 하고 싶지 않았다. 형사는 가만히 고개를 끄
덕였다.

"무슨 사정이 있으셨겠지."

긍정도 부정도 할 수 없었다. 형사는 뭐가 그렇게 반가운지

계속 말했다.

"아, 그럼 엄마가 여기 호텔 초대장도 보내 줬겠네?"

창의력도 좋으시네요. 엄마가 불렀다는 생각은 한 번도 안 해 봤는데.

"아무렴 그랬을까요. 그냥 받는데요."

"그냥 받아? 확실해? 좀 더 알아보진 않았어?"

형사 아니랄까 봐 멈추지 않고 캐물었다. 피곤하다는 표정으로 대답을 대신했다.

"알았어. 그 얘긴 그만할게."

사실 다른 이야기도 별로 하고 싶지 않았다. 그때 일은 고맙지만 친한 척하며 지낼 마음은 없다.

"쉬러 오셨다니까 그럼 쉬세요."

적당히 인사하고 가려는데 형사가 다시 나를 불러 세웠다.

"저기."

"네?"

"너 기다리면서 봤는데, 생각보다 잘 그리더라?"

멀리서 나를 훔쳐보기라도 한 것처럼 그의 시선은 한 곳을 향해 있었다.

"뭐가요? 아, 이거요?"

"그래, 그거. 지금 덮은 거. 아까부터 봤어."

형사는 노트에 내가 그린 스케치를 본 듯했다. 도킹할 때 창밖으로 봤던 크루즈 외부 전경을 그린 거였다. 나는 한 번 봤던 장면을 사진처럼 기억하는 능력이 있다. 기억을 지키려던 노력이 만들어 낸 부작용 같은 거다.

"이거 나 줘."

형사는 친한 척하며 노트를 펼쳤다.

"뭐예요, 이리 주세요."

"진짜 잘 그렸어. 너 그림 좋아한다는 얘기는 너희 엄마한테 들었었는데."

형사는 망설일 여유도 주지 않고 계속 말했다.

"왜, 싫어? 너한텐 낙서잖아."

네, 싫어요. 남의 물건에 왜 손을 대요? 그리고 이건 또 언제 봤어요? 하고 따지는 듯이 노려보았다. 그리고 물었다.

"그럼, 이게 왜 필요한지 말해 주세요."

형사는 드디어 웃음기를 빼고 대답했다.

"너를 안전하게 지키기 위해서라고 말해 둘게."

묘하게 흐르는 긴장 속에서 나는 힘주어 눈을 깜빡였다.

"그게 무슨 뜻이죠?"

"석준아, 너 비행기가 우리를 데리러 와 주지 않는다면 집으로, 아니 땅으로 돌아갈 수 없다는 건 알지?"

나는 고개를 끄덕였다.

"근데요?"

"확인 중이긴 한데……. 이 공중 호텔에 왔다가 집으로 돌아가지 못한 사람들이 있어."

"돌아가지 못하다뇨? 그게 무슨."

형사는 이상한 몸짓으로 연신 손목을 비벼대며 속삭였다.

"사라진 사람들이 있다고. 여기 실종자가 있어."

"네에? 실종자요?"

"증거를 찾으면 다시 얘기해 줄게. 그러니까 몸조심하고, 도움이 필요하면 찾아와."

형사는 거부할 수 없는 눈빛으로 내게 인사하더니 스케치를 빼앗아 들고 떠났다. 그때 알림 메시지가 떴다.

두 번째 기억 여행이 시작됩니다.

기억 버튼 리트리벌 큐

트레블링 층으로 이동하니 어제와는 다른 방이 열렸다. 이번엔 왓쳐가 나를 기다리고 있었다.

"환영합니다. 어서 오세요."

"오늘은 다른 방이네요. 마스터 한은요?"

왓쳐는 미소를 지으며 대답했다.

"조종실에서 보고 계세요. 준비됐나요?"

왓쳐는 중앙에 있는 의자로 나를 안내했다. 놀이기구처럼 생긴 화려한 무늬의 의자였다. 나는 조심스럽게 물었다.

"저기……. 리트리벌 큐요. 그건 어떤 원리인 거예요?"

왓쳐는 내 머리에 헬멧을 씌워 주며 말했다.

"이름 자체가 심리학 용어인데 기억을 꺼내는 장치라는 뜻이에요. 꽃향기를 맡으면 사랑하는 사람이 떠오른다거나, 음식을 먹으면 시골 할머니가 떠오른다거나 그런 거 있잖아요. 어떤 단어를 들으면 과거가 생각나는 거. 이게 그걸 이용한 시스템이고…….”

“그럼, 과거로 가는 열쇠라는 소문이 맞네요.”

왓쳐는 의자에서 나오는 수십 개의 선을 헬멧에 연결했다. 의자를 감싸고 있던 유리 벽이 거대한 스크린이 되었다. 멀리서 붉은빛이 반짝이더니 목소리가 들렸다.

“차석준 군. 이제 진짜 기억 여행을 떠납시다. 조각난 기억을 이어서 도움이 될 만한 영상으로 만들었어요. 그걸 보여 드릴 겁니다. 모두 오래전에 저장된 것들이죠. 지금부터 약한 수면 상태에 빠질 거예요.”

부드러운 말투에 마음이 편안해졌다.

“눈을 감아도 볼 수 있나요?”

“그럼요. 뇌를 자극해 영상으로 재연해 주거든요. 완전히 잠든 것은 아니지만 꿈처럼 기억이 떠오를 겁니다. 원하던 기억으로 가는 열쇠가 문을 열어 주죠.”

갑자기 졸음이 쏟아졌다.

“자 문이 열립니다. 하나, 둘, 셋! 떠올려 보세요. 앞에 무엇이 보이기 시작하네요."

　이상한 일이었다.

〈차석준의 리트리벌 큐〉

S#1 대낮. 몽타주 (감정 포인트 - 새로움, 즐거움, 탐구욕)

바람이 부는 어느 꽃밭. 어디선가 흥겨운 음악이 흘러나온다.

꺅! 흥겨워 소리 지르는 아이들 목소리 사이로 롤러코스터의 기계

음이 커지고.

어린 석준의 웃음소리가 요란하게 섞인다.

S#2 같은 시간. 놀이기구 앞 (감정 포인트 - 만족, 흥분, 도전하고 싶은 욕구)

놀이기구에 올라타는 석준의 시선.

철컥 하고 안전 바가 내려온다.

누군가의 목소리. 재밌어? 좋아? 하하하. 웃음소리 들리고.

석준　(신나서) 하하하하, 아 재밌어!

롤러코스터에 올라탄 석준의 시선

빙글거리며 움직인다.

S#3 늦은 오후. 주차장 인근 (감정 포인트 - 낙담, 슬픔, 화를 내고 싶은 욕구)

발끝을 보고 있던 석준의 시선. 차가운 바람이 휘잉 불어온다.

석준   싫어요.

바닥에 나뭇잎이 잔뜩 떨어져 있다. 하나씩 주워 제 발 위에 올리
는 석준의 시선.

낙엽에 발이 완전히 가려질 때까지 계속 반복한다.

어떤 목소리가 다그친다. 석준아, 그럼 안 돼. 인제 그만……

석준   (속상해서 말도 하기 싫어 하며)

아빠는 맨날 약속도 안 지켜. 왜 다른 엄마들처럼 못 하는

데? 아빠 싫어!

엄마 데려와.

S#4 밤. 주차장 화장실 (감정 포인트 - 서러움, 두려움, 불쾌감, 거절)

슬프게 울고 있는 석준을 누군가(유치원 선생님) 달래고 있다.
석준의 눈이 퉁퉁 부어 있다.

누군가   이제 가야지. 석준아, 집에 데려다줄게.

석준   싫어요. 안 가요. 아빠가 온다고 했어요. 버스도 갔잖아요.

　　　　어떻게 가요. 못 가요.

누군가   택시 타고 데려다줄게. 착하지?

석준   안 착해요. 싫어요.

누군가의 손을 뿌리치는 석준. 만지는 것도 싫다. 석준이 소리 내어
울고.
그때 멀리서 들리는 석준 아버지의 목소리.

아버지   석준아! 석준아!

석준, 잽싸게 일어난다. 눈물이 멈추고 눈이 동그래진다.

S#4 밤. 주차장 화장실 (감정 포인트 변화 - 놀람, 기쁨)

탁탁탁탁. 석준이 뛰고 있다. 주변을 돌아보며 아빠를 찾는다.
하지만 보이지 않고.

석준   아빠? 아빠! 아빠!

석준의 시선이 발끝으로 갔다가 다시 앞을 향한다. 멀리 보며 뛰기
시작한다. 쿵쿵 울리는 발소리.

*

리트리벌 큐 영상이 끝나자 다시 기억 어딘가로 갔다.

앞에 한 남자가 보였다. 그 앞으로 뛰어오는 어린 나도 보였
다. 나도 모르게 마스터 한을 향해 크게 외쳤다.

"아빠! 진짜 아빠예요. 우리 아빠요."

감정이 먼저 선명해졌다. 그건 반가움이었다. 남자가 아이를
향해 다가올 때, 내 마음도 즐거워졌다. 마스터 한의 목소리가
기억 속으로 뚫고 들어왔다.

"다시 한번 확인할게요. 아빠가 맞나요?"

아빠를 껴안았다. 땀 냄새가 훅 일었다. 내 입가엔 미소가 채워지고 만족감이 충만했다.

"맞아요. 알 수 있어요. 우리 아빠예요. 지금 서로를 보고 있어요."

껴안고 있던 몸을 빼고 아빠를 보았다. 그때 마스터 한이 물었다.

"지금 보고 있다고요? 아빠 얼굴이 보여요?"

초점이 맞지 않았다. 이미지는 점점 흐릿해졌다. 하지만 심장 박동은 점점 더 빠르게 뛰었다.

"얼굴은 안 보여요. 그런데 알 수 있어요."

"좋습니다. 얼굴은 보지 말고 느껴 보세요. 아빠가 지금 어떻게 하고 있나요?"

시선을 멀리 두니 커다란 몸이 느껴졌다. 거칠어졌던 숨이 조금 가라앉는 것 같았다.

"무슨 일이 생길 것 같아요."

갑자기 불안한 마음이 들었다. 묘한 공포가 다가오는 느낌. 마스터 한에게 감정을 알려 주고 싶었다.

"무서워요. 어떻게 해야 해요? 저 좀 도와주세요."

"그대로 경험하세요. 기억 여행에 집중해요."

어디선가 요란한 굉음이 울렸다. 끽 하고 바퀴가 미끄러지는 차가운 소리. 커다란 자동차가 다가오는 게 보였다. 나는 소리쳤다.

"아, 안 돼! 위험해요. 안 돼!"

눈을 번쩍 뜨며 몸을 일으켰다.

*

큰 숨을 몰아쉬며 주위를 둘러보았다. 기억 속에서 본 마지막 장면이 스크린에 커다랗게 띄워져 있었다. 가슴이 뜨거워졌다. 호흡이 가빠지고 식은땀도 흘렸다. 오랫동안 닫혀 있던 빗장이 삐걱거리며 열리는 것 같았다.

'이게 무슨 일이지? 이미 지워 버린 기억을 리트리벌 큐로 만들었다고? 이게 가능한 일이야?'

잠시 후 불이 켜지고, 스크린 영상도 꺼졌다. 마스터 한이 조정실에서 나왔다.

"궁금한 게 많겠지만 날 믿어요. 닫혀 있던 장기 기억을 끌어낼 열쇠예요."

마스터 한은 담담하게 말을 이었다.

"두려워도 기억을 꺼내야 다음 단계로 갈 수 있어요. 고통스러운 기억은 재정비하면 되니까 선택만 하면 돼요."

"뭘 선택하라는 거죠?"

"지우고 싶은 기억, 남기고 싶은 기억을 선택하면 된다는 겁니다."

"그게 도대체……."

"잊어야 할 건 완전히 지워 버리고, 남은 기억을 강화하는 거예요. 행복을 향해 스텝을 밟아 가야죠."

숨이 턱 막혔다. 멍하니 마스터 한을 보았다.

"아이러니하게 그게 뇌의 능력이에요. 석준 군의 뇌는 이미 스스로 기억을 지운 적이 있잖아요."

"기억을 지워 버리는 게 뇌의 능력이라고요?"

"그래요. 완전히 지워지지 않았지만요. 그래서 감정이 남은 거겠죠. 후회나 죄책감 같은 게 잔여 감정으로 남게 되면 정서적으로 불안해져요. 그래서 엄마에게 화풀이하거나, 친구와 싸우기도 하고."

마스터 한은 기억 재설정 이론을 설명하며 동의서를 내밀었다.

"감정까지 지워 줄게요. 깨끗하게. 악몽 같은 기억을 재설정해요. 나를 믿고 해 봅시다."

기껏 리트리벌 큐를 만들어 놓고는 장기 기억을 모두 꺼내 없애라니.

"저, 보호자도 없는데 혼자 정할 수 없어요."

"만으로 열일곱이면 어린 나이도 아니지. 처음 여기 올 때 본인이 원했던 걸 생각해야죠."

둔탁해진 목소리에 겁이 났다. 그래도 누군가 과정을 지켜봐 줄 사람이 있어야 하지 않나. 급한 대로 형사의 도움이라도 받아야 하나.

"혹시 기억 지우는 게 잘못돼서, 중요한 기억까지 지워져 버리면 어떻게 되는 거예요?"

"그럴 일은 없습니다."

단단한 답변이었다. 더 따져 물을 수가 없었다. 나는 마지못해 대답으로 겨우 한 마디를 내뱉었다.

"생각해 보겠습니다."

하지만 내겐 의논할 사람이 없다. 중요한 결정이라 걸 알기에 더없이 외로웠다.

사람은 왜 자신에게 일어날 미래를 남에게 떠넘기고 싶어할까. 결정을 누군가에게 미루면, 책임도 나눠 질 수 있기 때문일까. 어쩌면 나는 조언이 필요한 게 아니다. 실패를 탓할 누군가가 필요한 거다. 그게 엄마였으면 제일 좋았을 거다.

복도에 서니 온몸이 물에 젖은 것처럼 늘어졌다. 한 걸음을 내딛는 것도 힘들게 느껴졌다. 그때 어떤 여자의 목소리가 귓가를 때렸다.

"싫어!"

주변을 살펴보았다. 기억 여행실에서 흘러나오는 소리였다. 고통이 느껴지는 비명. 복도는 금세 소란스러워졌다.

비상! 코드 원(code1) 발생! 1번 방! 마스터 선생님 와 주세요!

왓쳐와 마스터가 복도로 뛰어나오더니 복도 맨 끝 방으로 다시 뛰어 들어갔다. 경보음이 복도를 채웠고 나는 발이 묶인 사람처럼 가만히 서 있었다.

얼마 지나지 않아 방에서 이동 침대가 하나 나왔다. 피로 물든 시트를 붙잡은 손이 먼저 보였다. 그리고 얼굴을 보았다. 아, 해변에서 내가 살려 냈던 바로 그 여자애잖아.

불과 몇십 분 전에 기억 여행 대기실에서 여자애를 만났었다. 순서를 기다리던 내게 다가와 먼저 인사까지 해 줬었는데.

"안녕, 지난번엔 고마웠어. 나 물에 빠졌을 때 구해 준 거 너

맞지?"

여자애는 검정 뿔테 안경에 수수한 원피스, 긴 머리를 엉성하게 묶고 어울리지 않는 상냥한 미소로 말했다.

"왜 말이 없어? 고맙다고 하잖아."

"네⋯⋯."

"네는 무슨 네야? 나 너랑 동갑이야. 그니까 말 놔."

내 나이를 어떻게 알고 있을까. 그런데 한술 더 떠서 이름까지 불렀다.

"너 이름 차석준이라며? 난 송예지야."

"내 이름, 어떻게 알아요?"

"야! 동갑이라니까. 말 편하게 하라니까!"

"네. 아, 응."

여자애는 급하게 자신을 소개했다. 이름은 송예지. 열일곱 살. 공중 호텔 투숙 경험 다수. 외모와 다르게 털털한 말투로 쉼 없이 말했다.

"석준아, 너 여기 혼자 왔어? 학습 능력 강화 훈련하러 온 거야?"

"그게 무슨 소리야?"

"여기 혼자 오는 애들은 다 그렇더라고. 뇌를 자극해서 기억

능력을 키우는 프로그램인가 뭔가. 그거 하러 온다던데? 다들 공부라면 환장을 하니까."

친구라도 해 볼까 했었는데 역시 나랑 맞는 스타일은 아니었다.

"아닌데? 난 그냥 온 거야."

"야, 솔직히 여길 그냥 놀러 오는 사람이 어딨어. 아무나 올 수 있는 곳도 아니고."

그러더니 혼자 약속까지 잡았다.

"석준아, 너 일단 들어가고 기억 여행 끝나고 다시 만나자. 광장 식물 카페에서 기다릴게. 내가 이따가 좋은 데 데려가 줄게."

"날 데려가 준다고? 어디를?"

"그냥 따라오면 알아."

그랬던 예지가 침대에 피를 흘리며, 간이침대에 실려 어디론가 운반되고 있었다.

'저 피는 뭐지? 혹시 손목을 긋기라도 한 건 아니겠지?'

마음이 불안했다. 어딘가에서 치료를 받는 거라면 오늘 약속을 지키긴 어려울 거다. 그걸 알면서도 나는 광장 식물 카페로 갔다.

원래 남의 사생활엔 관심 없던 나다. 그런데 자꾸 공포 영화의 한 장면 같은 일이 벌어지니 가만히 있을 수가 없었다. 알게된 사실들을 정리해 봤다. 불과 이틀 만에 벌어졌던 일들을 하나씩 떠올렸다.

① 공중 호텔에서 사라진 사람을 찾는 형사가 있다.

② 뇌 과학 박사 마스터가 나에게 기억을 지우라고 요구한다.

③ 죽음의 문턱을 넘나드는 여자아이를 벌써 두 번이나 만났다.

예지가 오지 않을 것을 알면서도 기다렸다.

시간이 얼마나 지났을까. 카페 앞에서 소동이 시작됐다. 한 남자가 소리를 지르며 왓쳐들에게 끌려가는 게 보였다.

"가미성! 미성아! 어딨어! 여러분, 도와주세요! 이 호텔이 지금 미성이를 붙잡아 두는 거라고요!"

남자를 천천히 봤다. 평범한 얼굴은 아니었다. 창백한 피부에 조각 같은 눈과 코. 얼마 전 국제 영화제에서 남우 조연상을 받았던 남자, 서민이었다. 그런데 저 남자가 왜 가미성을 찾고 있을까. 둘이 사귄다는 소문이 사실이었나. 도망치던 서민이 허겁지겁 내 앞으로 뛰어들었다.

"도와주세요! 미성이는 지금 위암 투병 중이라고요. 여기에 있을 이유가 없어요. 감금된 거예요!"

왓쳐들이 달려와 서민을 제압했다. 서민은 끌려가면서도 계속 외쳤다.

"이 호텔에서 사라졌다고요. 여기 공중 호텔에서!"

도와주고 싶어 일어서려는데 누군가 내 팔을 잡아당겼다.

"그냥 있어. 지금은 나설 때가 아냐."

묵직한 힘이 느껴졌다. 형사였다.

"그래도……. 가만히 있으면 안 되는 거 아니에요? 도와 달라잖아요."

하지만 형사는 고개를 흔들며 나를 주저앉혔다.

"일단 앉아."

"왜요, 가미성 누나한테 진짜 무슨 일이 생긴 거예요?"

형사는 속삭이듯 말했다.

"진정해. 가미성은 진짜 실종자야."

"실종자라고요? 그게 또 무슨……. 저 어제 해변에서 봤어요."

"서민이 말한 대로 가미성은 암 진단을 받고 치료 중이었어. 그런데 갑자기 사라져서 가족들이 실종 신고를 한 거야. 그게 벌써 한 달 전이고. 소속사는 쉬쉬하고 있지만 경찰은 벌써 수사를 시작했어. 그래서 내가 여기 온 거야."

입이 바짝 말랐다.

"그런데 왜 가만히 있어요. 미성이 누나, 내가 봤다니까요. 데리고 가면 되잖아요."

"그게……."

"그게 뭐요?"

"너도 알겠지만 공중 호텔에서 땅으로 연락할 방법이 없어. 핸드폰은 체크인할 때 압수당했잖아?"

"뭐라고요? 형사가 그런 것도 준비 안 하고 왔어요?"

"나도 이렇게까지 보안이 철저할지 몰랐어."

형사의 눈빛은 진지했다. 나에게 거짓말할 사람은 아니다.

"그럼, 누나는요. 가미성 누나 만나서 물어봤어요?"

"어제 해변에 있다는 말 듣고 뛰어왔는데 한발 늦었어. 호텔 몇 호실에 있는지만 알면 어떻게 해 볼 텐데……."

"그럼 아무것도 안 하고 있었다는 거예요?"

"수사는 하고 있어. 지금까지 알게 된 건 생각보다 많은 사람이 여기 갇혀 있다는 거야."

문득 마스터 한이 했던 말이 떠올랐다.

"로비 버튼은 없습니다. 기억 여행이 모두 끝나면 로비로 돌아가도록 프로그램되어 있어요."

비행기가 데리러 와 주지 않는다면 아무도 돌아갈 수 없다. 엘리베이터가 움직이지 않는다면 로비로 갈 수도 없다. 그렇다면?

"석준이 너, 초대장 받아서 왔다고 했지?"

"네. 왜요?"

"그럼 너를 초대한 이유가 있을 거야."

"무슨 이유요?"

"마스터가 너한테 뭔가를 요구했다면 바로 그게 초대의 이유겠지."

장기 기억을 꺼내 지우자는 제안이 떠올랐다. 혹시 그것이 목적일 수도 있을까.

"마스터가 나보고 기억을 지우자고 했어요."

"기억을 지워? 왜?"

"그래야 행복해진다고."

형사는 물끄러미 나를 보았다.

"그럼 그게 연구 목적일 수도 있어."

"내가 실험 대상이라는 된다는 거예요?"

"그렇지 않다면 널 여기 초대할 이유가 없잖아."

숨이 턱 막혔다. 형사는 침착하게 조사한 내용을 설명했다.

"10년 전, 극비리에 진행됐던 '리트리벌 큐 프로젝트'는 치매나 알츠하이머 같은 중증 기억 상실 환자를 치료하기 위해 시작된 연구였어. 노벨상 후보에 거론될 만큼 학술적 의미도 높았지만, 의학계, 사회복지단체, 심리학자와 정치인까지 개입하면서 표류하다가 연구팀이 해체되었지. 여긴 그때 연구했던 시스템으로 만든 호텔일 거야. 물론 불법이고."

"불법이요? 공중으로 올라갈 때 누군가가 승인은 했을 거잖아요. 관제소에서 허락 안 해 주면 이륙도 못 하는데. 그게 어떻게 불법이에요?"

"우리나라에서 이륙한 게 아니니까. 다른 나라에서 출발 승인을 받고 공중에 올랐을 거야. 지금 공중 호텔이 비행하는 높이는 국내선과 국제선 사이인 것 같아. 물론 더 위로 올라갈 때도 있고."

썩 그럴듯해 보였다. 하지만 진실이 무엇인지 우리는 모른다.

"불법인지 합법인지는 안 중요해요. 빨리 가미성 누나를 만나야 해요. 실종이 아니라 선택일 수도 있잖아요."

형사는 강하게 고개를 저었다.

"아니야. 병원에서 입원 날짜도 받았고 가족들에게 치료받겠다는 의지도 계속 보였어. 이렇게 사라진다는 건 말이 안 돼. 난 가미성을 찾아서 물어볼게. 그러니까 너는 그걸 생각해 봐. 네가 여기 왜 오게 됐는지."

형사는 서민이 끌려간 방향을 향해 빠르게 뛰었다.

수상한 제안

아무 일도 일어나지 않고 이틀이 더 지났다. 예지도 형사도 보이지 않았다. 연락할 방법도 모르니 불안은 더 커졌다.

셔틀 비행기 내부를 다시 떠올렸다. 2열로 된 좌석이 양쪽으로 자리하고 있는 구조. 내가 앉았던 좌석이 22C. 내 뒤로는 대략 10개 정도의 줄이 있었다. 내가 앞에서 네 번째 줄에 앉았으니 이코노미 좌석은 족히 60석은 된다. 꽤 많은 사람이 앉을 수 있는 비행기였다. 모든 비행기가 다 그렇듯이 커튼 앞에는 비즈니스 좌석도 있었을 거다.

그런데 왜 엘리베이터엔 사람이 적었을까? 내가 진짜 마지막이긴 했을까? 비즈니스 좌석 사람들이 먼저 내렸고, 다음에 우리가 내린 거라면 어딘가 사람들이 더 있을 수도 있다. 그래서 형사가 내 스케치를 가져간 걸까? 숨은 공간을 찾기 위해서?

생각에 잠겨 걷고 있을 때 덜컹 하고 게임 사격장 뒤 작은 문이 열렸다. 손 하나가 나를 끌어당겼다.

"누구……?"

샴푸 냄새가 훅 올라왔다.

"누구세요?"

"빨리 들어와. 나야."

붕대가 칭칭 감긴 손목이 보였다. 예지였다.

"엇, 여긴?"

공중 호텔의 숨은 공간이었다. 상상도 못 했던 거대한 수조가 눈을 사로잡았다. 아쿠아 룸이었다.

동그란 방엔 테이블과 소파가 몇 개 되지 않았다. 수조 속 물고기들은 평화롭게 헤엄치고 있었다. 근데 이게 다 무슨 일인가. 아무리 비행기가 크다고 해도.

"뭘 그렇게 놀라?"

"이 수조 좀 봐. 비행기가 지탱하긴 너무 무거울 거 같은데?"

테이블에 놓인 물을 벌컥벌컥 마시며 예지를 봤다. 손목의

붕대가 신경 쓰였다.

"정말 무거울까? 이렇게 큰 크루즈 비행선에 승객이 고작 몇십 명뿐인데?"

예지는 모범생처럼 비판적이었다. 그런데 지금 이런 얘기나 하는 게 맞나. 참지 못하고 물었다.

"예지야, 너 도대체 무슨 일이 있었던 거야? 내가 얼마나 걱정했는데. 손목은 왜 그런 거야?"

예지는 대답 대신 고개를 돌려 수조를 보았다. 나도 따라 보았다. 물속에는 인어 드레스를 입은 잠수부가 손을 흔들고 있었다. 인어 퍼포먼스라니. 내 시선을 뚝 잘라 내며 예지가 말했다.

"인어 아냐."

"알아, 진짜 인어는 아니지만 인어 분장한 건 맞잖아."

"바보야, 사람이 아니라고. 인어 로봇이겠지. 저렇게 숨도 안 쉬고 종일 웃고 있는 사람이 어딨어?"

인어는 이를 드러내며 환하게 웃고 있었다. 물속에 흐트러진 긴 갈색 머리가 아름다웠다. 나는 살짝 손을 흔들었다.

"야, 뭘 손까지 흔들어! 정말 바보 같아. 사람 아니라니까! 안드로이드 로봇이겠지."

예지가 갑자기 내 손을 잡아당겼다. 순간 긴장해서 침을 꿀

껵 삼켰다. 냉탕과 온탕을 오고 가는 게 여자의 심리라더니 손은 왜 잡는 거야.

"이것도 믿지 마."

"뭐, 뭘?"

"밴드. 이게 널 감시하잖아. 시시티브이나 다름없다고."

천천히 숨을 고르며 생각했다. 예지는 왜 이렇게까지 날카로워졌을까.

"시시티브이? 나 그런 거 상관없어. 감출 것도 없고. 따져 보면 핸드폰 지피에스(GPS)도 추적 장치인데?"

"태평하다. 그러다 너도 이용당할 수 있어."

"이용당하다니?"

예지는 입술을 깨물며 말했다.

"기억을 지우지 마."

공중 호텔을 자주 왔다는 예지는 내게 벌어진 일을 다 아는 것처럼 말했다. 내 목소리가 갈라져 나왔다.

"그 얘긴 어디서 들었어?"

예지는 주변을 살피며 조심스럽게 말했다.

"일단 여기까지만. 이따 다시 얘기해. 여섯 시에 해변 입구에서 만나."

예지가 나가 버린 뒤 멍하니 앉아 밴드를 천천히 쓰다듬었다. 식어 버린 꽃잎 차를 단숨에 들이켜고 일어났을 때 인어가 손을 흔드는 게 보였다. 물 밖으로는 아예 나오지도 않고 처음부터 거기 살았던 것처럼 물속에서 웃고 있었다. 이번엔 따라 웃지 못했다. 너무 환한 얼굴이 가식적으로 느껴졌다.

*

기억 여행을 할 때마다 내 기분은 급격하게 바뀌었다.

다섯 번째 기억 여행을 하기 위해 의자에 앉았을 때 마스터 한이 다가와 헬멧을 씌워 주면서 물었다.

"이제 몇 번 남지 않았네요. 기억 재설정, 결심했나요?"

하루에도 수십 번 마음이 바뀌었다. 하고 싶다가도 금세 두려웠다. 욕망과 두려움이 엉켜 춤을 추었다.

"저, 오늘 밤에 마스터 룸에서 개인 상담해도 돼요? 여긴 좀 불편해서요."

조심스러운 내 질문에 마스터는 흔쾌히 허락했다.

"그렇게 합시다. 메시지를 보낼게요. 시간 맞춰 오세요. 일단 오늘 여행 먼저 떠나 볼까요."

마취제를 흡입하면서 천천히 눈을 감았다. 머릿속에 찌릿한 전류가 흐르고 리트리벌 큐가 가동되었다. 훌쩍 몸이 가벼워졌다. 영상이 시작되고 몸이 반응했다. 봄이 주는 따스함과 코를 자극하는 꽃향기. 흥분된 사람들 사이에서 아버지를 기다리던 그 순간이 선명해졌다.

*

유치원 버스에서 즐거운 동요가 흘러나온다. 엄마 아빠의 손을 잡고 집으로 돌아가는 아이들이 하나둘씩 멀어지고 있다. 버스엔 도로 유치원으로 향하는 아이들만 남았다. 해가 지기 시작한 놀이동산엔 눅눅하고 차가운 바람이 내려앉는다.

"아빠가 온다고 했어요."

"석준아."

"아빠 기다릴래요. 선생님은 그냥 가요."

"석준아, 계속 기다릴 수는 없어. 아빠한테 선생님이 전화해서 이야기할게. 응?"

"싫어, 싫어요!"

빙글빙글 눈앞에서 바람개비가 돌고 있다. 어지러워 몸이 휘청거리고 있을 때 누군가 나를 붙잡는다. 주변이 어두워진다.

"석준아, 석준아."

천천히 밝아진다. 버스는 가고 없다. 아무도 없는 주차장에 선생님과 단둘이 있다.

"석준아, 오셨어. 아빠야."

아빠라는 말에 마음이 시원해진다. 고개를 들어 본다. 멀리 한 남자가 다가온다. 회색빛 점퍼, 검은 바지. 가방 하나를 들고 선 남자. 아빠다. 나도 뛰기 시작한다.

"안 돼, 석준아. 뛰면 안 돼. 천천히."

나는 앞만 보고 뛰고 있다. 아빠를 향해 뛰고 또 뛴다. 아빠도 뛰며 다가온다.

"안 돼! 석준아, 거기 서!"

선생님이 비명을 지른다. 뛰어오던 아빠가 멈추는가 싶더니 다시 뛰어온다.

끼이익 타이어가 바닥에 미끄러지는 소리가 들린다. 그리고 아빠가 있는 힘껏 나를 밀어낸다.

몸이 나동그라진다. 다리와 팔, 어깨와 등에 통증이 느껴진다. 주변에 이상한 소음이 섞여 날아다닌다. 시간이 멈춘 것 같다. 그런데 아빠는 어디에 있지?

"아빠······?"

자동차 옆에 아빠가 피를 흘리며 누워 있다. 선생님은 나를 지나쳐 앞서 뛰어간다. 누군가 소리친다.

"사람이 죽었어요! 도와주세요!"

마음이 뜨겁게 차오른다. 아무것도 괜찮지 않다. 가슴에 칼이 꽂힌 것 같은 통증이 느껴진다.

*

아이처럼 몸을 웅크렸다. 교통사고로 다친 건 나뿐이 아니라는 거다. 사람이 죽었다는 말이 귓가에 맴돌았다. 그렇다면 아빠가 나 때문에, 나를 살리려다가 죽었다는 건가.

기억에 갇힌 듯 몸이 뻣뻣해졌다.

맞아. 그랬던 거였어. 아빠가 나 때문에 죽었고, 그래서 내가 기억을 지운 거야. 죄책감에.

온몸이 떨리더니 머리가 빙빙 돌았다. 몸부림을 치다 다시 정신을 잃었다. 다른 시간, 다른 공간, 다른 기억으로 날아갔다.

*

거친 숨소리가 윙윙거린다.

"여자가 그렇게 좋아? 그래서 그랬어?"

"난 그런 적 없어!"

시간이 훅 지났다. 뜨거운 바닥의 열기가 느껴진다. 중학교 3학년이 된 나는 알고 있다. 저들이 봐주지 않을 거라는 것을.

주먹이 날아온다. 복부 한가운데, 명치를 정확히 공격한다. 숨이 막힌다. 푹 고꾸라지는 내게 지껄인다.

"얻다 대고 반말이니. 석준아."

그러곤 발이 날아온다. 나는 바닥을 뒹굴며 소리친다.

"나는 그런 적 없다고!"

몸이 뒤틀린다. 쓰러진 내 눈앞에 가랑이를 벌리고 앉은 재욱이가 보인다. 키득거리는 비웃음 소리가 나를 떠민다.

"석준아, 놀랐잖아. 성추행이라니. 어딜 어떻게 만진 건데? 씨발, 걔도 너희 엄마랑 생긴 게 똑같더라?"

철썩. 이번엔 허리띠다. 비열한 숨소리가 들린다. 한쪽 다리로 내 복부를 깔아뭉개며 허리띠를 다시 휘두른다.

"그런 적 없다고!"

두 명은 붙잡고, 한 놈이 발길질한다.

"씨발!"

"너희 엄마 스타일은 찾기 쉽지 않았을 텐데. 키 크고 억센 여자가 취향인가 보세요?"

쉽게 멈추지 않을 걸 알고 있다. 계속될 거라는 것도 안다.

주변을 돌아본다. 손을 뻗어 돌을 잡는다. 그리고 힘껏 휘두른다. 으악! 소리를 지르며 재욱이가 쓰러진다. 나는 벌떡 일어나 재욱의 머리통을 발로 찬다. 한 번, 두 번, 세 번…….

입술을 물어뜯는다. 비릿하고 강렬한 피 냄새가 진동한다.

*

그때, 마스터 한의 목소리가 들렸다.

"계속해야 해. 괴로웠던 기억을 지워 버리고 싶다면 오른쪽 버튼을 눌러. 그럼 바로 지워 줄게."

고개를 흔들었다. 목에서 시작된 땀은 등 뒤로 흘러내렸다.

"집중해. 계속 떠올리면서 보라니까. 기억을 멈추지 마."

소리치며 눈을 떴다.

"씨발, 그만하라고요! 이런 거 보러 여기 온 거 아니라고요!"

"봐야 뭘 지울지 정할 수 있어."

아버지가 죽는 장면을 기억하게 하더니 이번엔 싸우던 날까지……. 견딜 수가 없었다. 아니 견뎌서도 안 된다.

"이제 그만하라고!"

헬멧을 잡아당겨 바닥으로 집어 던졌다. 의자를 발로 걷어찼다. 흥분한 탓인지 손목의 밴드가 뜨겁게 느껴졌다. 밴드는 붉은색으로 빛나고 있었다.

"나중에요. 나중에 다시요. 지금은 혼자 있고 싶어요."

나는 요란한 걸음으로 방을 빠져나왔다.

도망치고 싶었지만 갈 곳이 없었다. 아무리 멀리 달아나 아무도 모르는 곳에 숨는다고 해도 내 기억에서 벗어날 수는 없으니까. 있었던 과거를 없는 일로 만들 수도 없으니까.

그걸 깨닫고 나니 정말 어디에도 갈 수가 없었다. 나의 기억과 마주해야 한다는 걸 비로소 알게 되었다.

어떤 기쁨과 슬픔

"왜 이렇게 늦었냐고!"

예지는 식물 카페에서 나를 발견하자마자 우악스럽게 내 팔을 잡아당겼다. 어디로 가는지 알지 못했지만 어디론가 갈 수 있어 다행이었다. 매번 막다른 길이라고 생각했던 곳에서 예지가 나를 새로운 장소로 안내해 주었다. 이번 장소는 작은 열대 온실이었다.

"여긴 또 뭐야? 다른 나라에 온 것 같은데."

나는 아무 일도 없었다는 듯 투덜거렸다.

"그치? 신기하지? 나도 처음 발견했을 때 종일 여기 숨어 있었어."

"넌 정말 모르는 데가 없구나."

후덥지근한 기운이 올라왔다. 열대 식물 사이로 화려한 빛깔의 꽃이 가득했다.

"많이 오다 보니까 알게 됐어. 물론 내 성격이 가만히 못 있는 것도 있고."

예지는 다 안다는 듯 말했다.

"뭐야, 너 빨리 말해. 기억 여행 몇 번 했어? 오늘 뭔 일 있었어?"

내가 고개를 저었지만, 예지는 바나나나무 아래 있는 의자로 나를 밀어 앉혔다.

"좋아. 그럼 일단 앉아서 이것부터 봐. 여긴 시시티브이도 없는 완전한 밀실이라서 무슨 짓을 해도 모르거든."

"무슨…… 일인데……. 장난치지 마."

불길한 느낌이 들었다. 일어나려는 순간, 예지가 양손으로 원피스를 붙잡더니 천천히 당겨 올렸다.

"야, 뭐 하는 거야? 옷은 왜?"

예지는 순식간에 원피스를 잡아 올려 휙 벗어던졌다.

가슴이 쿵쾅거렸다. 고개를 숙이고 멀겋게 드러난 예지의 종아리만 보았다. 여자애랑 친구가 된 것도 처음인데, 이런 일은 상상도 못 했었다. 혹시라도 누군가 볼까 걱정돼 큰 소리로 외쳤다.

"입어! 빨리!"

예지는 재밌다는 듯이 깔깔 소리 내어 웃었다.

"바보야, 뭔 생각하는 거야. 나를 보라니까."

침이 꿀꺽 넘어갔다.

"싫어. 못 보겠어."

"참, 나를 뭘로 보고. 아니라니까."

천천히 고개를 들어 보니 다리가 거의 드러난 짧은 반바지
가 보였다. 소매 없는 짧은 티셔츠 위에 고래 모양의 목걸이가
반짝였다.

"뭐야."

"크크크. 너 진짜 순진하다."

"이게 뭐 하는 거야!"

가슴을 쓸어내렸다.

"왜? 무슨 상상을 했길래 그래?"

"무슨 짓이야. 옷은 왜 벗는 건데?"

예지는 괴롭히기로 작정한 사람처럼 깡충깡충 뛰었다.

"보여 줄 게 남았어."

이번엔 뿔테 안경을 벗었다. 하얀 피부에 커다란 눈이 반짝

였다. 그리고 손을 머리 위로 올리더니 머리칼을 우악스럽게 확 잡아당겼다.

"뭐야!"

가발이 벗겨졌다. 감춰졌던 곱슬곱슬한 짧은 커트 머리가 드러났다. 낙엽이 물든 것 같은 밝은 갈색이었다.

"아!"

예지는 머리칼을 털며 말했다.

"안녕, 내가 진짜 송예지야."

생기 있는 표정. 장난기 가득한 몸짓. 곱슬머리에 빛나는 얼굴은 찬란했다. 긴 머리에 원피스를 입고 안경으로 본모습을 감추고 있던 예지는 사라지고 없었다. 생기발랄한 얼굴이 내게 물었다.

"어때?"

"뭐야? 가발이랑 안경은 또 뭐고?"

"내 모습 어때? 예뻐?"

"그래, 예뻐."

헛기침이 나왔다.

"그런데 왜 그러고 다녔던 거야? 변장은 또 뭐고?"

예지는 벗어던졌던 원피스를 얌전히 개며 말했다.

"예쁘다는 거 진짜지?"

"그게 중요해?"

"응. 나한테는 완전히."

허물을 벗은 것처럼 거리낌 없는 순전한 표정의 예지를 다시 보았다. 목과 귀를 훤히 드러내서인지 훨씬 말라 보였다. 하지만 더 밝게 느껴졌다.

"지금 보니까 짧은 머리가 잘 어울린다. 근데 왜 그러고 다녔던 거야? 말해 줄 수 있어?"

"말하고 싶었어."

예지는 고개를 끄덕였다.

"지금까지 네가 봤던 사람은 내가 아니야. 송예지가 아니라 송예빈이었어."

"송예빈? 그게 누군데?"

"송예빈은 죽은 우리 언니야."

"아."

예지와 예빈이는 겨우 3분밖에 차이 나지 않는 쌍둥이 자매라고 했다. 일란성 쌍둥이였던 두 사람은 구별하기 어려울 만큼 똑같았고 무엇이든 같이하는 단짝이었다.

"일 년 전에 언니가 죽었어. 같이 물에 빠졌는데 나만 살아

났거든. 그래서 언니를 기억하기 위해 이곳에 오게 된 거야."

막연한 슬픔이 느껴졌다. 가족을 떠나보낸다는 건 아픈 일이다. 아니, 사랑하던 누군가를 보내는 건 설명하기 힘든 고통이다. 안경을 들고 있는 예지 손을 물끄러미 봤다.

"그럼 이건 언니가 쓰던 안경이야? 쓰고 다니는 거 불편하지 않았어?"

"안경알은 바꿨지. 도수 없는 걸로."

예지는 안경테에 남아 있는 작은 흠집들을 조심스럽게 더듬었다.

"왜 언니 흉내를 내고 다니는 건지 물어봐도 돼?"

"엄마랑 아빠는 나보다 언니를 보고 싶어 하니까."

"그건 네 생각이겠지. 아무렴 그러실까?"

"엄마는 언니가 죽었다는 걸 인정 안 해."

예지의 눈가가 금세 촉촉해졌다. 눈물을 참고 있는지 입을 삐죽거렸다.

"미안해. 괜한 걸 물었네."

"네가 미안할 건 아니지."

그래도 이해되지 않았다. 죽은 언니 모습으로 변장을 하는 동생이라니. 천천히 마음을 꾹꾹 눌러 위로를 건넸다.

"너희 엄마는…… 어쩌면 언니의 죽음을 받아들이기 힘드셨을 거야. 그래서 기억도 잃으신 거 아닐까. 사람은 고통스러운 기억을 스스로 지우기도 한대. 나도 그랬어."

예지는 거칠게 고개를 흔들었다.

"기억을 지우지 마."

"왜 자꾸 그렇게 얘기해?"

"처음으로 여기 왔을 때, 엄마는 매일 울다가 기절했어. 그때 마스터는 트라우마를 삭제해야 한다고 했고. 아빠는 그게 엄마를 위한 거라고 생각하고 기억을 지우는 데 동의했어. 그런데 지금 어떻게 된 줄 알아? 엄만 자기가 누구인지도 모를 때가 있어. 모든 기억이 뒤죽박죽이 됐다고."

머리카락이 쭈뼛거렸다.

"치료 과정이라 그런 거 아닐까. 다 끝나고 나면 좋아지실 거야."

"그래, 아픈 기억을 지우고 행복했던 기억을 가득 채운다고 하자. 그러고 나면 뭐가 남을까. 기억이 사라진다면 그게 그 사람의 인생일까."

어려운 질문이었다. 손톱을 깨물며 생각했다. 어차피 인간은 누구나 자신의 기억을 조금씩 조작하며 산다고 들었는데…….

"예지야, 어차피 완벽한 기억을 가질 수는 없어. 그렇다면 남은 인생을 위해 필요한 만큼만 기억을 갖고 살아도 괜찮지 않을까."

"필요한 만큼? 그건 누가 정할 수 있는데?"

"자기 스스로가 알겠지."

흥분한 예지의 눈동자가 흔들렸다. 울고 싶은 건지 화를 내고 싶은 건지 헷갈렸다. 가만히 보고 있었다.

"나는 언니와의 추억을 잊고 싶지 않아. 언니의 죽음을 지우려면 언니와 살았던 모든 기억을 지워야 하는데, 그게 말이 안 되잖아. 좋았던 기억만 떠올리는 여행? 이런 건 하고 싶지 않아. 기억을 지우는 건 떠난 사람한테 너무 미안하잖아."

"그래……."

"나는 내 방식대로 언니를 떠올릴 거야. 그게 아픈 기억이라도 견딜 거야. 그러려고 버티는 중이고."

할 말이 떠오르지 않아 머뭇거리는 사이, 예지가 일어나며 말했다.

"네가 날 구해 준 건 고마워. 언니처럼 다시 물속에 빠져 버리고 싶다고 생각했던 날이었거든. 그런데 그날 다시 결심했어. 난 꼭 이겨 낼 거야. 엄마도 아빠도 고통에서 빠져나올 수 있게 내가 도울 거야. 이런 기계 따위의 도움 없이 내가 방법을 찾을 거야."

아까보다 단단한 표정으로 나를 보던 예지는 가발과 원피스를 주워 들고 뛰기 시작했다. 따라갈까 하다가 물끄러미 보고만 있었다. 예지가 보여 준 두 개의 얼굴이 번갈아 머릿속을 스쳐 지나갔다.

나는 꽤 오랜 시간, 불완전한 기억이 나를 망쳤다고 핑계 대며 살았다. 머릿속이 투명해지면 달라질 거라는 막연한 기대가 오히려 변명이 되어 버릴 정도였으니까. 그래서 기억 여행이 완전한 나로 돌아올 인생 최고의 기회라고 믿었다.

"학생!"

예지가 흘리고 간 안경을 물끄러미 바라보고 있을 때 누군가 내 어깨를 두드렸다. 예지 엄마였다.

"이름이 뭐라고 했더라. 미안해. 내가 자꾸 깜박깜박해서."

안경이 보이지 않도록 발을 세워 돌리면서 대답했다.

"안녕하세요. 저는 석준이에요. 차석준요."

"맞다, 석준이. 우리 애들이랑 같은 나이라고 했지."

"네, 맞아요."

예지는 엄마가 자신이 누구인지도 모른다고 했었는데 너무 멀쩡해 보였다. 예지 엄마는 상냥하게 물었다.

"우리 애랑 붙어 다닌다고 그러던데."

"같이 있었는데 먼저 갔어요. 방금요."

"어디로 갔는지는 모르고?"

"네, 그건 잘 모르겠네요."

예지 엄마는 두리번거리며 덧붙였다.

"그럼 우리 예빈이 보게 되면 여행해야 한다고. 트래블링 층으로 오라고 좀 해 줄래요?"

"그럴게요. 알겠습니다."

고개를 끄덕이는데 온몸에 소름이 돋았다. 분명히 나에게 예빈이라고 했다. 예지 엄마는 예빈이가 죽었다는 사실을 정말 잊은 걸까? 아니, 예빈이가 죽었다는 기억을 지워 버리기라도 한 걸까? 입이 바짝 말랐다.

마스터 룸

약속대로 마스터 룸으로 향했다. 엘리베이터 문이 열리니 거대한 크기의 크리스마스트리가 시선을 사로잡았다. 유리 돔으로 덮인 트리는 마치 거대한 오르골 같았다. 혹시나 하고 보니 진짜 태엽이 있었다. 두 팔로 힘껏 감았더니 징글벨 노래가 흘러나왔다. 빛이 반짝이며 유리 돔 안에 눈이 쏟아졌다. 순간 멍해졌다. 알 수 없는 그리움이 찾아왔다. 언젠가 엄마한테 크리스마스 선물로 받았던 손바닥만 한 오르골이 떠올랐다. 씩 하고 입가에 미소가 생겼다.

'기억이라는 건 좀 이상한 거 같아. 날 울렸다가 금세 다시 웃게 하잖아.'

예지가 했던 말도 떠올랐다.

'그래, 아픈 기억을 지우고 행복했던 기억을 가득 채운다고 하자. 그러고 나면 뭐가 남을까. 기억이 사라진다면 그게 그 사람의 인생일까.'

답을 찾고 싶었다. 내 기억의 끝에 무엇이 기다리고 있을지 궁금했다.

짙은 녹색 장식 길을 따라 걸었다. 막다른 벽 앞에 안내 표시가 보였다. 왼쪽은 왓쳐 룸, 오른쪽이 마스터 룸이었다. 호기심에 이끌려 왓쳐 룸을 택했다.

한쪽 벽에 길게 이어진 창문 안에는 제복을 입은 수십 명의 왓쳐가 있었다.

'아, 저건?'

내가 훔쳐보는 줄도 모르고 왓쳐들은 집중하며 뭔가를 보고 있었다. 그건 벽면을 채운 모니터였다.

'뭐야, 호텔 시시티브이가 저렇게 많았어?'

그랬다. 수십 개의 시시티브이 모니터가 벽을 빼곡히 채우고 있었다. 경찰청 상황실이라도 되는 듯, 왓쳐들은 화면을 보면서 뭔가를 기록하고 있었다. 이어폰을 끼고 듣는 왓쳐도 보였다. 예지가 시시티브이 이야기를 했을 때만 해도 이 정도인지는 상상도 못 했다.

"여기엔 어떻게 올라왔죠?"

'W01'이라는 이름표를 달고 있는, 나이 지긋한 남자가 내게 다가왔다.

"마스터 룸 출입 권한을 얻었다 해도 이쪽으로 들어오실 수는 없습니다. 여긴 일반 고객 금지 구역입니다."

위압적인 말투였다. 도망치려는데 남자가 내 팔을 붙잡았다.

"제가 안내하겠습니다. 같이 가시죠."

그는 수많은 왓쳐 중 직위가 높은 사람 같았다. 손에 힘이 얼마나 센지 팔뚝이 아플 정도였다. 남자는 나를 마스터 룸 복도에 세워 놓고 정중하게 인사하고 떠났다.

멀리 복도 끝에서 문 하나가 열렸다. 넓은 책상 하나만 덩그러니 놓인 어두운 방에 마스터 한이 앉아 있었다.

"정말 말을 안 듣는구나. 조용히 오라는 게 그렇게 힘드니?"

언제나 정중하게 말하던 그가 태도를 바꾸었다. 가까운 사이라도 된 듯 친근한 말투였다.

"반말해도 되지? 나도 한 번쯤 이렇게 둘이 얘기하고 싶었어."

"네. 그러세요."

눈치를 보면서 작은 의자에 앉았다.

"오늘 많이 힘들어하는 것 같던데……. 결정했어? 이제 두 번밖에 안 남았는데, 기억을 지우려면 적어도 오늘은 결정해야 해."

"그럼 오늘 밤까지 더 고민해 볼게요."

눈치를 살피며 마스터 한의 얼굴을 다시 보았다. 그는 과학자일까 의사일까 아니면 사기꾼일까.

"저한테 왜 자꾸 기억을 지우라고 하세요?"

"행복해지고 싶지 않니?"

철학적인 질문은 늘 부담스럽다. 하지만 오늘은 예외다.

"아픈 기억을 지운다고 해서……. 행복해지는 건 아니래요. 누가 그러더라고요."

"누가?"

"글쎄요. 엄마가?"

예지라고 대답하기 싫어 둘러댄 것뿐인데, 마스터 한의 표정이 일그러졌다. 원하던 대답이 아니라는 뜻인가. 화제를 돌렸다.

"아까 길을 잘못 들었을 때 봤어요. 왓쳐들이 시시티브이를 보고 있던데요. 그거 불법 아닌가요?"

"불법 아니지. 우리가 사는 세상에 감시 카메라가 없는 곳은 없어. 우린 고객의 안전도 책임져야 하고."

"보기만 하는 거라면 괜찮은데 이어폰을 꼈다고요. 뭔가 듣는 사람들처럼요."

"아직도 몰랐니? 이곳은 비밀이 많은 곳이야."

경고처럼 느껴졌다. 헛기침이 나왔다.

"흠, 그럼 고객 입장으로 요구할게요. 이제부터 엄마 기억을 하고 싶어요. 행복했던 기억이요."

어쨌든 나는 이곳의 고객이다. 호텔은 서비스를 제공하는 곳이고. 그럼 내가 원하는 게 우선이어야 한다.

"그럼 왜 정신과 상담에서 상실된 기억을 떠올리고 싶다고 했니?"

"정신과 상담이요? 그건 어떻게 아세요? 기록을 보신 거예요? 의료법 위반 아닌가요?"

"보호자 분이 주셨어."

"네에?"

보호자라는 말에 등이 서늘했다. 예상 못 했던 순간에 엄마이야기가 나오다니. 마른 입술을 축이며 물었다.

"저희 엄마를 아세요?"

엄마는 늘 말했었다. 나를 완벽하게 키우고 싶어 최선을 다

해 노력하며 살았다고. 그냥 행복해지면 안 되겠냐고 부탁하며 물었다. 혹시 이것도 엄마의 계획이었을까.

"대답해 주세요. 저희 엄마가 저를 이곳에 보낸 건가요?"

마스터 한은 망설이다 조심스럽게 대답했다.

"그래. 그 분은 네가 행복해지기만을 바라고 있어."

기억 때문에 힘들어하던 나를 위해 엄마가 초대권을 보낸 게 사실일까.

"엄마가 진짜로 절 여기로 보낸 거라면. 좋아요. 기억 지우는 거……. 해 볼게요."

그가 기다렸던 대답이었다. 책상 위 버튼을 눌러 홀로그램을 띄웠다.

"여기 사인해 줄래?"

계약서 같은 내용이 펼쳐졌다. 주의 사항, 동의, 인정, 대리 같은 단어들이 잔뜩 있었다.

조금만 더 시간을 벌 수는 없을까. 딸의 죽음조차 잊어버린 예지 엄마가 다시 행복을 찾을 수 있을 때까지만. 또 형사가 말했던 실종 사건이 해결될 때까지만이라도. 모든 순간을 처음부터 끝까지 기억하고 싶다.

"출력해 주시거나 밴드로 보내 주시면 천천히 읽어 볼게요.

제 방에서요."

마스터 한이 피식 웃는 게 보였다.

> 송예지 고객 트래블링 제타 단계를 반복 진행합니다.
> 준비가 끝났습니다.

어디선가 음성 안내가 울렸다. 마스터 한은 서둘러 몸을 일으켰다.

"오늘 면담은 여기까지 하자. 동의서는 보내 줄게. 확인하고 사인하렴. 나도 일이 있어서."

그러고는 방에 있는 마스터 전용 통로로 빠져나갔다.

인사를 하고 나오던 나는 멈칫 몸이 굳었다. 방금 그 안내 방송은, 그러니까 예지가 기억 여행을 시작한다는 소리가 아닌가? 붙잡고 있던 방문을 다시 열었다. 호기심이 발동했다.

'예지의 리트리벌 큐…… 혹시 그걸 볼 수도 있나?'

리트리벌 큐가 마스터 한의 작품이라면, 여기 어디 영상이 있을 것이다. 벽장에 정리된 서류철을 구경하는 척하다가 살금 살금 책상 앞으로 다가섰다. 어디선가 작은 진동이 느껴졌다. 책상 서랍을 하나씩 열었다. 가운데 큰 서랍을 열었을 때 온몸에 소름이 돋았다. 서랍 속 전체를 차지하고 있는 건 대형 스크린이었다.

'서랍이 아니고 트래블링 층 시시티브이었어?'

스크린은 두 개의 화면으로 나뉘어 있었다. 한쪽엔 '노 시그널(NO SIGNAL)'이라는 표시가 있고, 다른 것은 기억 여행실 내부 카메라였다. 헬멧을 쓰고 있는 창백한 얼굴의 예지가 보였다.

"제타 단계. 반복 진행 시작합니다. 예지야, 오늘은 노력해서 꼭 다음 단계로 넘어가 보자."

마스터 한의 말이 끝나자 텅 비어 있던 스크린에 영상이 재생됐다. 예지의 기억, 리트리벌 큐였다.

'이게 뭐야. 진짜였어?'

나도 모르게 입을 틀어막았다.

기억의 장소는 수영장이었다. 깊은 물속으로 카메라가 움직이듯 기억 속의 장면이 펼쳐졌다. 꼬르륵 물소리가 나더니 허우적거리는 긴 머리칼의 예빈이가 보였다. 예지의 기억을 따라 화면이 움직였다. 점점 확대되는 것 같더니 인공 파도 조파기가 보였다. 거기 좁은 틈 사이로 예빈이의 구명조끼가 걸려 있었다. 공포에 질린 예빈를 붙잡고 있는 건 짧은 머리칼의 예지였다. 끼어 들어간 구명조끼를 잡아 빼려는 듯 애를 쓰고 있었

다. 공포에 사로잡힌 예빈이는 소리를 지르고 있고, 예지가 구명조끼를 벗겨 내려 발버둥쳤다. 하지만 아무리 잡아당겨도 꿈쩍도 하지 않았다. 그러더니 예지의 몸이 갑자기 축 늘어져 버렸다. 기절하듯 쓰러진 예지는 구명조끼 때문인지 천천히 물 위로 올라갔다. 허우적거리던 예빈이는 커다란 눈을 뜬 채로 조파기 옆에 남겨졌다.

난 기억 여행실에서 리트리벌 큐를 보고 있는 예지의 얼굴을 보았다. 두려움에 떨며 몸을 움츠린 예지는 그날처럼 손을 허우적거리고 있었다. 도대체 저 고통스러운 시간을 왜 기억하게 하는 건지 알 수 없었다.

"살려 주세요!"

예지가 신음하며 말했다. 바이털 사인이 흔들리고 사이렌 소리가 예지의 비명에 섞여 귓가를 탕탕 때렸다.

내 눈에도 천천히 눈물이 흘러내렸다. 예지의 기억 여행은 사망 사건 이후로도 계속 이어졌다. 장례를 치르고, 죄책감에 시달리며, 엄마 앞에 울고 있는 예지의 어두운 시간이 차례로 나타났다.

'이건 기억 여행이 아니야. 영혼을 악몽에 가두는 악마의 장난이야.'

이 모든 것이 처음부터 계획된 실험이었을까. 공포를 경험하게 해서 기억을 지우도록 만드는 악의적인 연출이었나.

서둘러 방을 빠져나와 형사를 찾아보았다. 이 호텔에서 벌어지는 음모가 무엇인지 알아야 했다. 호텔에서 사라졌다는 가미성 누나의 행방도 궁금해졌다.

깊은 밤이 되어서야 식물 카페에서 형사를 찾을 수 있었다. 요란한 꽃무늬 셔츠와 흰색 반바지를 입은 모습이 영락없는 여행자였다.

"이런 차림으로 잠입 수사 중이신 거예요?"

형사는 커다란 얼음이 담긴 음료 잔에 손목을 비비고 있었다.

"왜? 무슨 일이라도 생겼어?"

"여기 진짜 이상해요. 사람들한테 자꾸 고통스러운 기억만 재생시켜요. 기억을 지워 준다고 하면서. 저도 오늘 밤에 기억 재설정 동의서에 사인하기로 했고요."

형사가 머리를 쓸어 넘겼다. 장난기가 사라진 강렬한 눈빛이었다

"그건 재설정이 아니야."

"그럼 뭔데요?"

"기억 조작이지."

이건 또 무슨 소리인가. 조작이라니.

"너는 말이다. 상처를 보게 할 진실과 상처를 가리는 거짓. 두 개 중에 하나를 선택해야 한다면 뭘 선택하겠니?"

"당연히 진실이겠죠."

"그런데 진실은 고통스럽고 거짓은 행복하다면 어떻게 할 거야?"

"그런 게 어딨어요."

형사는 답을 알고 있는 사람처럼 말했다.

"진실은 언제나 고통스러워. 상처를 보게 되니까. 초라해지는 거니까. 사람들은 고통이 싫어서 이런 호텔을 찾아와 현실을 잊는 거야. 기억을 조작해 만족감을 얻고 싶은 거야. 그런데 재밌는 게 뭔지 알아?"

대답할 말이 생각나지 않았다.

"누군가는 진짜 고객이겠지만 또 누군가는 실험 대상이라는 거야."

기억 조작을 연습할 대상이 필요했다고? 머리칼이 쭈뼛해졌다.

형사는 컵 안으로 손을 집어넣어 얼음을 꺼냈다. 그리고는 내 팔목을 잡아 비비기 시작했다.

"아이씨, 왜 이러세요!"

형사는 입술을 오므리며 눈을 깜박였다. 조용히 있으라는 눈짓이었다.

"됐어. 앞으로 2분 정도는 괜찮을 거야. 밴드가 다 듣고 있어서 잠깐 기절시킨 거야."

밴드를 보았다. 노란빛이 감돌았다.

"색이 변했네요. 녹색에서 노란색으로."

"대기 상태가 된 거야. 버그인 거지. 밴드는 신체 마찰로 동기화가 되는데 갑자기 온도 변화가 일어나면 일시적으로 대기 상태가 되는 거야. 너도 알고 있을 거 아냐. 이걸로 도청하는 거."

감시와 도청은 나만 알고 있는 일이 아니었다.

"근데, 지난번 해변에서 말할 때는 그냥 막 얘기했잖아요."

"거긴 파도 때문에 외부 소음이 컸잖아. 그리 중요한 얘기도 아니었고."

가슴이 쿵쾅거렸다. 비장한 분위기에 몸이 굳었다.

"잘 들어. 이 호텔은 조직적으로 운영되고 있어. 육지에서 누군가는 실험 대상자를 찾고, 대상자에게 초대장을 보내. 사람들은 욕망으로 덜컥 신청서를 쓰는 거야. 호텔에선 원하는 대로 실험을 하는 거고."

"그렇지만 호텔엔 매일 즐거운 얼굴로 다니는 사람도 있어요. 그 사람들은 뭐예요?"

"그 사람들이 진짜 고객이지. 그들은 즐거웠던 순간만 반복하고 있는 거지. 그게 호텔이 내세우는 서비스고 수익 사업이니까."

"돈을 많이 내니까요?"

"당연하지. 비싼 고객이니까. 어마어마한 돈을 지불하고 있어."

"저는요? 전 돈을 안 냈는데."

"그래서 너는 처음부터 실험 대상이라는 거야. 공짜 쿠폰이라니. 그런 게 어딨어. 실험자로 초대장을 받은 거지. 넌 이미 기억을 잃은 적도 있으니 적당한 대상인 거고."

엄마가 보낸 초대장이라는 말은 거짓말이었을까.

"아니에요. 마스터 한은 엄마가 보냈다고 했어요."

"그 말을 믿어?"

"왜요?"

"엄마가 돈을 내서 초대장을 보냈다면 너한테 얘기했겠지. 미성년자를 여기 혼자 보냈겠어?"

도대체 누구 말이 진짜일까. 침이 꿀꺽 넘어갔다.

"그럼 혹시 가미성 누나는 찾았어요?"

형사는 조심스럽게 말했다.

"네가 준 호텔 스케치를 보면 실종자들이 있는 비밀 공간 위치를 알 수 있어. 그런데 통로를 모르니 갈 수가 없고."

"여기선 엘리베이터도 다 원격인데. 어떻게 찾아가요?"

"마스터 룸이라도 들어갈 수 있으면 좋을 텐데. 거긴 단서가 있을 거야."

"마스터 룸이요? 저 방금 거기 갔다 왔어요. 들어가다 왔쳐들이 시시티브이로 감시하는 것도 봤고요."

"뭐?"

나는 앞으로 벌어질 일들을 막연하게 떠올리며 명한 시선을 내던졌다. 불길하고 미스터리 한 기운이 날 잡아당겼다.

형사가 물었다.

"석준아, 너 여기 와 있는 거 누가 알아?"

"출발할 때 고모한테 문자를 보내긴 했는데. 모르겠어요. 정확하게 말하진 않은 것 같고. 여기 들어올 때 핸드폰은 뺏겨서 확인도 못 했고요."

"그럼 누군가 널 실종 신고 해도 찾을 수가 없겠구나."

가슴이 철렁 내려앉았다. 무서운 일이었다. 잠재적으로 나는 다음 실종자가 될 수 있다. 이틀 뒤, 집으로 가는 비행기를 타지 못한다면…….

"마스터는 제 기억을 재설정하고 싶어 해요. 제가 계속 거부하면 저한테도 무슨 일이 생길까요? 이제 어떻게 해야 하죠?"

"이럴 땐 함께할 친구가 필요하지."

형사는 슬쩍 고개를 뒤로 젖혔다. 그의 시선을 따라 시선을 던졌을 때 웅크린 실루엣이 눈에 들어왔다. 무기력하게 앉아 있던 몸이 바스스 떨며 나를 보았다.

"어?"

후드티 안으로 짧은 곱슬머리가 보였다. 가발을 벗어 버린 예지의 얼굴이 창백했다.

"서로 아는 사이지? 석준아, 솔직히 말해 줄게. 예지가 나의 제보자였어."

믿기지 않는 말이었다.

감춰진 비밀

"예지야, 어떻게 된 거야? 제보자라니?"

예지는 씩 웃으며 머리를 털었다. 형사가 대신 대답했다.

"내가 가미성 실종 사건 수사를 하고 있었는데 제보 전화가 왔어. 그때 공중 호텔을 의심하고 신고를 한 게 예지였어. 나는 호텔의 존재도 몰랐었거든. 가미성이 호텔에 있다는 얘길 듣고 여기까지 온 거야."

"그런데 어떻게 지금까지 말을 안 할 수가 있어요?"

"서운해하지 마라. 우리는 네 마음을 알아야 했어."

기분이 이상했다. 나만 모르고 바보처럼 허둥댄 꼴이었다. 예지를 향해 눈을 흘겼다. 뭐가 재밌는지 씩 미소 지으며 말했다.

"왜 내가 너 좋아해서 접근한 줄 알았냐?"

"뭐, 뭐래."

형사가 끼어들었다.

"비행기에서 널 보고 호텔에 도착하자마자 예지에게 이야기를 해 줬어. 실험 대상으로 초대됐을 수도 있다는 의심도 들었고."

"그건 좋아요. 그래서 둘이서 알아낸 게 있기는 한 거예요?"

형사가 침착하게 말했다.

"고객은 두 개의 부류야. 우수 고객이 있고 기억 조작 실험자가 있지. 나는 실험자가 실종자가 될 가능성이 높다고 생각했었는데 그게 아닐 수도 있어. 지금 보니 브이아이피 고객 중에도 어느 단계에 이르면 다른 공간으로 가는 경우가 있는 것같아. 호텔이 이렇게 크고, 왓쳐가 많은 것도 그 이유 때문이겠지."

"그 장소를 못 찾으면 어차피 아무것도 못 하잖아요."

예지가 답답하다는 듯이 말했다.

"너 마스터 방에 들어갔다면서? 난 한 번도 못 가 봤는데 널 불렀다면 분명히 널 특별하게 생각하는 거야. 그니까 다시 거길 들어가야 해."

입술이 바르르 떨렸다.

"다시 내가?"

형사가 덧붙였다.

"마스터 방에서 상담하는 고객은 많지 않아. 미성년자에 혼자 왔으니 신경을 써 준 거겠지. 뭐라도 단서를 찾아야 해."

착잡했다. 그렇다고 외면할 수도 없다.

"일단은 마스터가 다시 날 불러 줘야 갈 수 있어요."

예지가 잔소리했다.

"기억 여행 문자를 받아도 나가지 말고 방에 좀 있어 봐. 그럼 면담을 다시 하자고 할 수도 있잖아."

방에 들어간다고 해도 뒤져 볼 시간이 있을까? 여기까지 생각했을 때 예지의 목소리가 단호해졌다.

"내가 유인할게."

의미심장한 침묵이 흘렀다. 손목 밴드에 얼음을 비비는 달그락거리는 소리만 요란했다. 예지가 묘한 표정으로 형사와 나를 보며 말했다.

"두 사람, 힘들게 그러지 않아도 될 방법을 내가 아는데……. 알려 줄까요? 밴드를 아예 빼 버릴 수도 있는데."

예지는 의자 받침대에 괴고 있던, 붕대 감긴 손목을 흔들었다.

"밴드에 혈액이 닿으면 저절로 잠금 장치가 풀려요. 손목에 상처가 있으면 다시 밴드를 찰 수도 없고."

예지가 자살 시도를 했다고 생각한 건 나의 오해였다. 예지는 밴드를 벗겨 내기 위해 계속해서 손목에 상처를 냈던 거였다.

"넌 이런 걸 어떻게 알아?"

"나 이과거든. 이 정도는 관심만 있으면 알 수 있어. 내가 이 호텔에 벌써 세 번째 방문이라고 말했었나? 연구를 좀 했지."

아직 아무것도 정확하지 않다. 하지만 호텔의 비밀을 찾겠다는 다짐은 굳건해졌다.

*

침대에 누워 벽에 붙어 있는 시계를 멍하니 봤다. 여기 있으니 시간도 헷갈리는 것 같다. 좋은 것을 먹고, 즐겁게 게임하고, 멋진 풍경을 즐기는 사이 결핍은 사라진다. 만족감은 다음 단계로 나가고 싶게 만든다. 다음 단계란 호텔이 설정해 주는 계획에 따라 기억을 재설정하는 일까지도 포함이다. 그렇게 수많은 사람이 또 다른 단계로 나아갔을 것이다.

유리창에 가득 맺힌 수증기를 보고 있는데 기다렸던 면담

알림이 왔다. 형사가 시킨 대로 트래블링 층에 가지 않고 버틴 덕이었다. 두근거리는 마음으로 단숨에 마스터 룸으로 갔다.

문이 열렸을 때 마스터 한은 반가운 표정으로 손까지 내밀었다.

"고민이 좀 길었구나, 정했니?"

어쨌거나 나는 보호자도 없는 만만한 실험 대상일 뿐이다. 거절했다가 감금되는 것보다는 안심시키고 시간을 버는 게 나을 것 같았다. 목청을 가다듬으면서 대답했다.

"네, 하겠어요. 힘들었던 기억을 지워 주세요. 그리고 엄마와 행복했던 시절로 꽉 채워 주세요."

마스터 한은 기대했던 반응을 보였다.

"그래, 잘 생각했다. 나를 믿으렴."

몸에서 풍기는 머스크 향이 오만하게 느껴졌다.

"그치만 계획대로 금요일에 돌아가고 싶어요. 문제는 없겠죠? 얼마 안 남았는데. 가능할까요?"

"계획을 세워 보자. 이번엔 지우는 것만 하고, 다음에 다시 초대해서 채우는 것으로 해도 돼. 공부하는 데 문제는 없을 거야. 서비스로 기억 저장 능력을 높여 줄게."

눈가가 파르르 떨렸지만 마스터 한을 따라 웃었다. 최대한 그의 신뢰를 얻어야 한다. 필요한 정보를 찾을 때까진.

어떻게 하면 이곳에 남아 단서를 찾을 수 있을까. 고민하던 사이, 음성 안내가 나왔다.

응급 상황입니다. 마스터 차은한 선생님, 치료실로 와 주세요.

차은한. 마스터의 이름인 것 같았다.

예지와 형사가 뭔가 일을 꾸민 게 틀림없었다. 응급 상황이라는 말에 벌떡 일어난 마스터 한은 전용 출구에 서서 나를 보며 다정하게 말했다.

"메시지 보낼게. 기억 삭제 설계는 이미 해 놨으니 편하게 쉬고 있어."

밖으로 나와 조심스럽게 문고리를 잡았다. 문틈으로 마스터 한이 완전히 사라진 것을 확인하고 다시 열었다. 마음이 조급해지는 걸 달래면서 천천히 살폈다.

서랍은 특별한 게 없었다. 벽면도 눌러 보고 바닥도 훑었다. 단서는 보이지 않았다. 마스터가 빠져나갔던 전용 통로 문도 잡아당겨 보았다. 단단히 잠긴 문은 꼼짝도 하지 않았다. 긴장감에 어깨가 뻣뻣하게 굳었다.

'여기는 아무것도 없어. 이제 돌아가야겠어.'

막다른 길에 놓인 것 같았다. 반 친구라는 놈들이 똘똘 뭉쳐 나를 패던 날처럼, 엄마가 편지 한 통을 쓰고 사라진 날처럼, 내가 할 수 있는 일은 없다는 생각에 긴 한숨이 나왔다.

'애초에 내가 할 수 있는 일이 아니었어.'

마지막이라 생각하고 다시 돌아보았다. 벽에 걸린 장식과 천장의 조명, 바닥에 놓인 작은 소품과 책상의 빈틈까지. 먼지까지 확인하겠다는 심정으로 둘러보았다. 그때 이상한 것이 눈에 보였다.

'저게 뭐지?'

아주 얇고 길게 바닥에 그어진 선 하나. 엎드려 만져 보았지만 만져지지 않았다.

'이게 무슨 선이지? 혹시 선이 아니고 빛…… 이야?'

빛을 따라가 보니 조형물로 보이는 사다리가 있었다. 장식 사다리는 벽에 박혀 있었다. 트래블링 층 로비를 장식한 것과 비슷했다. 빛은 사다리와 벽 사이 얇은 틈에서 새어 나왔다. 그런데 왜일까. 심장이 방망이질 쳤다. 정말 무슨 일이 벌어질 것만 같았다.

사다리를 두드렸다. 당기기도 하고 밀기도 했다. 꿈쩍도 하지 않았다.

'근데 이 못은 뭐지?'

돌출된 작은 못이 보였다. 장식이라고 하기엔 어색한 위치였다. 혹시나 하는 마음에 눌러 보니 상상도 못 했던 일이 벌어졌다.

'어, 어!'

벽에 박혀 있던 사다리가 점점 바깥으로 밀려 나왔다. 천장은 자연스럽게 따라 열렸다.

'천장으로 올라가는 용도였어?'

사다리를 타고 올라가니 긴 통로가 나왔다. 환기구 통로였다. 먼지가 푹 날아올랐다. 손을 뻗어 조심스럽게 몸을 위로 올렸다. 이제 어디로 가야 하나, 되돌아갈 수는 있나. 이마에 땀이 맺혔다.

'감금된 사람들이 있는지 찾아봐야겠어.'

몸을 낮춰 기어갔다. 지르르 전류가 느껴졌다. 땀 때문에 감전되는 건 아닐까 걱정하면서 옷 소매로 닦았다. 양쪽으로 나뉘는 막다른 길 앞에서 멈췄을 때 누군가의 목소리가 들렸다. 소리가 나는 곳을 향했다.

왓쳐 룸이었다. 왓쳐들은 자유롭게 음식을 먹으며 모니터를 보고 있었다. 영화라도 보는 것처럼 시시덕거리며.

"진짜네, 어쩌다 여기까지 왔을까?"

"쟤도 인생 끝났네. 벌써 좋다고 난리 났어."

도대체 누구를 보고 말하는 걸까. 왓쳐가 보고 있는 모니터 내용은 확인하기 어려웠지만 시시티브이로 고객의 사생활을 훔쳐보고 있을 게 뻔했다. 타인의 인생을 훔쳐보며 장난이나 치고 있다니. 화가 치밀어 올랐다.

급하게 환기구를 따라 다시 움직였다. 두 번째 방이 나왔다. 흰 가운을 입은 누군가의 뒤통수가 보였다. 환기구 틈 사이로 귀를 가져다 대고 대화를 엿들었다.

"기분이 어떠신가요? 편안해졌다고요? 좋아요."

시원한 바람이 올라오더니 진한 꽃향기도 났다. 기억 여행을 할 때 맡았던 냄새였다. 혹시 마취 효과라도 있을까 봐 코를 막으며 통과하려는데 캡슐이 보였다. 호텔에 도착했던 첫날 들어갔던 캡슐이었다. 한두 개가 아니었다. 수십 개나 되는 캡슐이 일정한 간격으로 나란히 놓여 있었다.

'이렇게나 많았어? 실종된 사람들 전부 저기 가둔 거야?'

투명한 뚜껑 안으로 사람들이 보였다. 진짜 감금이라도 한 걸까? 소름이 돋았다.

그때였다. 삐삐삑 신호음과 함께 캡슐 하나가 붉은빛으로 위험 신호를 보냈다. 조금씩 뚜껑이 움직였다. 캡슐이 다 열리기도 전에 안에 있던 사람이 손을 내저었다.

"약을 줘! 약을 달라고!"

해골처럼 가죽만 남은 백발 노인이었다. 피부엔 붉은 반점이 가득했고 이마엔 진물이 흘러내리고 있었다.

'으악!'

입을 앙다물었다.

그때 노인에게 다가온 건 마스터 한이었다. 노인의 손목에 주사를 놓으니 노인은 부르르 몸을 떨면서 쓰러져 버렸다. 간호사처럼 서 있던 왓쳐가 노인의 이마를 소독하자 한은 캡슐 문을 닫았다.

'미쳤어. 이건 말도 안 돼. 저렇게 약을 넣어서 감금했다는 거야? 도대체 왜?'

공간이 좁아 방향을 바꾸지 못하고 뒤로 기어 나갔다. 서둘러 가고 있는데 처음 봤던 왓쳐 룸을 지날 때 이상한 소리가 들렸다.

"약 먹이고 노래 좀 시키면 안 되려나? 기억 속에서 진짜 노래하게 할 수는 없어?"

하더니 키득거리기 시작했다. 노래하는 기억이라니 도대체 누굴 말하는 걸까.

"어쩜 애는 무대에서 박수받는 기억만 좋아해? 다른 기억은 하나도 없고. 계속 노래만 부르잖아?"

"그러게. 도망갔던 엄마가 돈 사고를 그렇게 많이 쳤다잖아. 살면서 행복했던 다른 기억은 없나 보지."

"암에 걸렸다던데. 어차피 치료도 안 될 거 여기서 꿈이나 꾸면서 살다 가면 좋지 뭐."

"그래도 좀 불쌍하다. 참, 서민인가 그 남자 기억은 어때? 이 여자 찾으러 여기까지 온 거라며."

서민! 온몸이 오싹했다.

'뭐야. 그렇다면 저들이 보고 있는 사람이 가미성 누나라는 거야?'

그랬다. 며칠 전까지만 해도 멀쩡하게 걸어 다니던 그녀를 이런 곳에 가둬 둔 거였다. 심장이 마구 뛰었다. 허겁지겁 바닥을 훑으며 움직였다. 모니터 속에 있던 가미성을 찾아야 했다. 어떻게든 데리고 이곳을 빠져나가야 한다.

미로 같은 통로를 헤매다 드디어 그녀를 찾았다. 얇은 틈 사이로 창백한 얼굴이 보였다. 캡슐 룸은 아니었다. 1인 병실처럼 보이는 곳에 실신한 듯 눈을 감고 있었다. 팔에 꽂힌 링거로 어떤 약품이 들어가고 있고, 머리에는 수십 개의 전자기파 선들이 연결되어 있었다. 눈꺼풀이 부르르 떨렸다가 옅은 미소가 새어 나왔다. 기억 여행을 하는 거라면 나쁜 기억은 아닌 것 같았다. 가미성의 눈가에 눈물이 흘렀다. 환희와 감격, 알 수 없는 슬픔이 섞인 눈물이었다. 그 눈물을 보고 있으니 마음이 아팠다. 빨리 치료해야 한다던 서민의 말도 떠올랐다.

'갇혀 있다면 빨리 꺼내야 해. 병원에 데려가서 치료받게 해야지. 그런데 내가 어떻게 꺼내지?'

고민이 이어졌다. 만약 시한부 선고를 받고 좌절해서 기억 여행을 선택했다면? 행복했던 기억만 하면서 죽겠다고 한 거라면? 그럼 내가 나설 필요는 없지 않나?

'아냐, 말도 안 돼. 이건 중독이야. 기억에 중독된 거라고! 저들이 중독시킨 거야.'

고개를 흔들었다.

'맞아. 아무리 행복한 기억이라고 해도 과거에만 살 수는 없어. 일단 구출해야 해.'

모른 척할 수가 없었다. 환기구에 있는 철창살을 천천히 잡아 뜯었다. 겨우 창살을 걷어 내고 다리부터 아래로 내려갔다.

쿵 하고 바닥에 떨어졌다. 다행히 방에는 아무도 없었다. 가미성의 머리에 달린 전자기파 전선들을 뜯어냈다. 정맥 주사 링거도 뽑고 강하게 그녀를 흔들었다.

"누나! 일어나 봐요. 정신 차려요."

희미한 미소를 지으며 그녀가 말했다.

"감사합니다. 고맙습니다."

팬들에게 인사라도 하는 것처럼 고개를 까닥였다. 기억에 빠져 있던 그녀는 사인이라도 해 주려는 듯 손가락을 움직였다. 나를 향해 "사진 찍어 드릴까요?"라고 말했을 때 나는 더 참지 못하고 꽥 소리를 질렀다.

"누나! 일어나라고요! 누나가 불렀던 노래 있잖아요. 그걸 떠올려요. 아무도 가지 않는 길에 서서 용기 있게 내민 첫발. 고통이 나를 사랑하게 해 줬어. 노래 가사 기억 안 나요? 용기를 가지라면서요. 현실을 이겨 내라면서요."

기억 중독에 빠진 가미성은 좀처럼 깨어나지 못했다.

그때였다. 벌컥 문이 열렸다. 왓쳐들이었다.

"지금 뭐 하는 겁니까?"

환기구를 슬쩍 봤다. 뛰어도 환기구로 다시 올라가긴 쉽지 않아 보였다. 어쩔 수 없었다. 크게 소리쳤다.

"그럼 이건 뭐 하는 건데요? 수면제를 얼마나 높으면 깨지도 못하는 거예요? 이래도 되는 거예요?"

"고객님, 그건 고객님이 상관할 일이 아닙니다. 여긴 어떻게 들어왔어요?"

왓쳐가 내 팔을 강하게 잡았다. 나는 몸부림쳤다.

"놔 줘요! 나가면 되잖아요!"

사이렌이 울렸다.

응급 상황입니다. 마스터 차은한 선생님, 치료실로 와 주세요.

엘리베이터에 있던 힐링 층. 그게 치료실이었다. 기억 여행을 훈련하고 중독자로 만드는 방.

"놔요, 놓으라고요!"

몸부림치는데 왓쳐가 내 입을 막았다.

"잠시 실례하겠습니다. 진정하세요."

꽃향기가 났다. 익숙한 냄새였다. 불안과 공포가 순식간에 사라지는 하는 기묘한 냄새. 그날의 감정이 떠올랐다. 다리에 힘이 풀렸다. 나도 모르게 기억 여행에 빠져들었다.

*

"엄마, 엄마? 엄마!"

내 목소리를 들은 엄마가 뛰어온다. 강하게 나를 안는다.

"엄마 여기 있어. 괜찮아. 걱정 안 해도 돼."

슬픔이 물결친다. 아빠가 걱정된다. 아빠가 보고 싶다.

"아빠가 나 때문에……."

엄마는 내 머리에 입을 맞추고 노래를 부른다. 아빠가 불러 주던 자장가다. 헐떡이던 숨이 잦아든다.

"아빠가 보고 싶어요."

"석준이가 잘못한 거 아니야."

"내가 뛰어가지 않았으면 아빠는 죽지 않았을 거예요."

"아니야. 아빠는 죽지 않았어. 영원히 석준의 마음에 있어. 그건 살아 있는 거야."

엄마는 내 눈물을 닦아 준다. 그리고 노래 부른다.

"잘 자라 우리 아가. 앞들과 뒷동산에 새들도 아가 양도 다 들 자는데……."

엄마의 자장가를 들으니 둥근 달이 내 앞으로 출렁인다.

"엄마 슬퍼요? 엄마 목소리가 이상해요."

"엄마 안 슬퍼. 석준이만 있으면 괜찮아."

나는 생각한다. 그리고 다짐한다. 엄마만 있으면 괜찮아. 나는 괜찮을 거야.

*

자장가를 흥얼거리며 눈을 떴다. 나의 거친 숨소리가 귀에 울렸다.

'여기는?'

나는 캡슐 안에 누워 있었다. 심지어 캡슐 수트까지 입고.

왓쳐들이 내 입을 막을 때 마취제를 사용한 게 분명했다. 강제로 기억 여행을 시키기 위해 캡슐에 넣은 거였다.

'근데 이상해. 마음이 편해졌어.'

기억 여행이라는 게 참 묘했다. 팽팽한 긴장감을 없애 주고 부정적인 생각도 물리쳐 준다. 문제는 저들에 대한 적대감마저 사라지게 한다는 거다.

'정신 차려. 이럴 때가 아니야.'

내부를 살펴보니 뚜껑 중앙에 빨간 버튼이 보였다. 힘껏 누르니 스르르 뚜껑이 열렸다. 벌떡 몸을 일으켰다.

"일찍 일어나셨네요. 좀 어떠신가요?"

왓쳐의 눈을 마주 보며 물었다.

"여기가 치료실인가 봐요. 힐링 층에 있는 건가요?"

순진한 표정을 지어 보였다. 저들의 긴장을 풀어 놓는 게 우선이다.

"한 번쯤 와 보고 싶었는데 정말 좋네요. 모처럼 푹 잤어요. 좋은 기억도 했고요."

망설임 없이 말이 나왔다. 계획이라도 한 것처럼 척척 다음 단계를 제안했다.

"오늘 기억으로 새로운 리트리벌 큐를 만들어도 좋을 것 같아요."

왓쳐는 마음에 든다는 듯 끄덕였다.

"마스터 한에게 기억 삭제 요청을 하셨다고 들었어요. 여기서 작업하면 될 것 같습니다."

"네에? 지금요?"

"간이 테이블에 음식들이 있어요. 식사 하시면서 조금만 기다려 주세요. 마스터 한이 곧 올 겁니다."

"그건 너무 급한 것 같은데요."

기억을 삭제하다가 지금 알고 있는 것마저 모두 잊어버릴까 걱정이 됐다. 저들처럼 기억 중독자가 되기라도 한다면…….

"잠깐 화장실에 갔다 올게요."

왓쳐의 안내를 받으며 화장실 안으로 들어갔다. 문을 걸어 잠그고 변기 위에 올라가 환기구 창살을 붙들었다. 나사로 안 쪽을 고정해 놔서 잘 뜯어지지 않았다. 밴드를 이용해 철창살 을 쿵 쳤다. 다시 쿵쿵 강하게 쳤다. 팔목이 아팠지만 어쩔 수 없었다.

"괜찮아요?"

왓쳐가 벌컥 문을 열고 들어왔다. 그런데 한 손에 주사기를 들고 있는 게 아닌가.

'아이씨, 저건 또 뭐야? 날 찌르기라도 하겠다는 거야?'

나는 훌쩍 뛰어 다리로 왓쳐를 걷어찼다. 그리고 팔을 잡아 손에 있던 주사기를 왓쳐의 목에 밀어넣었다. 쑥, 바늘이 왓쳐 의 목을 찔렀다.

왓쳐가 버둥거리는 걸 보며 변기 위로 올라섰다. 가까스로 환기구를 부수고 안으로 들어갔다. 뒤를 돌아볼 여유는 없었 다. 미친 듯이 마스터 한의 방까지 쉬지 않고 기었다.

몇 번의 기억 여행을 하면서 얻게 된 것도 있다. 기억을 축적 하는 용량이 늘어나고 감각이 예민해진 만큼, 내 컨디션이 좋 아진 것이다. 근육을 강화하는 약물과 음식의 도움으로 나의 몸 상태는 최고였다. 난 멈추지 않았다.

한 가지 방법

　마스터 한의 방을 빠져나와 허둥지둥 플레잉 층으로 갔다. 옷 가게에서 아무 옷이나 훔쳐 입었다. 카페에서 얼음을 마구 집어 손목을 비비며 걸었다.

　'방은 위험해. 날 찾으러 올 거야.'

　예지와 함께 갔던 비밀스러웠던 공간을 떠올렸다. 온실 정원엔 아무도 없었다. 서둘러 게임장을 지나 아쿠아 룸의 문을 열었을 때 형사와 예지가 보였다. 예지가 눈을 치켜뜨며 말했다.

　"어떻게 된 거야? 안 보여서 걱정했어."

　"덕분에 다녀왔어요. 마스터 룸에."

　"덕분이라니?"

　나는 의자에 앉으며 말했다.

"응급 상황 만든 거, 두 사람 아니었어요?"

예지가 눈을 동그랗게 뜨며 말했다.

"응급 상황? 그거 우리 엄마 때문이야. 엄마가 기억 여행을 하다가 기절하고는 깨어나지 못했어. 그래서 치료실로 옮겼다고 했어."

등골이 오싹했다.

"치료실이라고?"

"응. 거기 며칠 계실 거 같아. 아빠도 나도 너무 걱정하고 있어. 원래는 금요일에 모두 집에 돌아가게 되어 있었는데, 아빠는 엄마가 깨어날 때까지 돌아가지 않겠다고 하셔."

진실을 말해야 했다.

"나 지금 마스터 룸에서 환기구를 통해 치료실이라는 곳에 갔었어. 거기가 기억 중독자의 방이야."

"뭐? 기억 중독자?"

형사의 눈이 동그래졌다. 나는 거침없이 설명했다.

"감금된 사람들이라는 거 그게 진실이 아니었어요. 기억 중독에 빠져 스스로 선택한 거예요. 먹지도 않고 링거를 맞으며, 끝도 없이 기억 여행만 하는 거라고요. 좀비처럼."

예지가 입을 틀어막으며 놀랐다. 나도 손이 떨렸다.

"가미성 누나도 봤어요. 내가 어떻게든 깨워 보려고 했는데 중독 상태라 어떻게 할 수 없었어요. 예지야, 어쩌면 엄마가 원해서 그곳에 갔을지도 몰라."

침묵이 흘렀다. 긴장감에 가슴이 답답했다. 형사가 내 손목을 보며 물었다.

"근데, 석준아 너 손목에 상처가……."

"이거 도망칠 때, 밴드로 환기구를 부수려고 했는데 안 되더라고요. 멍만 들었어요."

예지가 흐느끼기 시작했다.

"우리 엄마 어떡해? 형사님, 엄마 이제 거기서 못 나오면 어쩌죠?"

눈을 깜박이며 생각했다. 엘리베이터는 분명 우리를 치료실에 가도록 허락해 주지 않을 게 뻔하다. 그럼 방법은 하나뿐이다. 모든 걸 멈추게 할 방법.

슬픔에 빠진 예지의 눈을 보고 있는데 장면 하나가 스쳤다.

"어쩌면 방법이 있을지도 몰라. 혹시……. "

"혹시? 뭐?"

형사가 다그쳤다. 난 예지를 보며 말했다.

"먼저 사과부터 할게. 예지야, 나 너한테 허락도 안 받고 너의 리트리벌 큐를 봤어. 마스터 룸에 들어갔을 때 우연히. 근데 네 기억 속에 방법이 있는 것 같아."

예지와 형사가 동시에 물었다.

"무슨 기억?"

조파기에 끼어 흐느적거리던 예빈의 마지막 모습이 어른거렸다. 요란한 사이렌이 울리고 조파기가 멈추던 순간. 바다가 잠든 것 같은 고요한 적막. 바로 그거였다.

"예빈이가 조파기에 걸려 있을 때 그 사고 때문에 전기 공급이 멈춘 것 같았어. 응급 상황이니까 당연하다고 생각했는데 여기도 그럴 수 있잖아. 호텔에 문제가 생기면 전기가 차단될 수도 있어. 전기 공급이 차단되기만 한다면……."

예지가 이어 말했다.

"비행기가 더 이상 날아다닐 수가 없겠지. 그렇다면?"

이번엔 내가 말했다.

"비상 착륙. 육지로 가게 될 거야. 처음 안내 방송 볼 때 봤어. 안전이 제일 우선이라던 공중 호텔 원칙."

형사가 고개를 끄덕였다.

"그럼 이제 어떻게 하지? 바다에 들어가서 일부러 고장 내야 하나?"

내가 대답했다.

"물속에 들어가서 조파기를 고장 내면 전력이 차단될 거예요. 물론 고치려고 할 수도 있겠지만 시간이 걸릴 거고요. 비행기는 위험을 느끼면 비상 전력으로 착륙을 시도할 거예요. 공중 호텔은 자동 시스템이니까 어쨌든 전기가 없으면 기억 여행은 못 해요."

형사가 낙담한 듯 말했다.

"이를 어쩌지? 석준아, 내가 수영을 못하는데?"

나는 예지를 보며 말했다.

"알겠어요. 예지도 물엔 트라우마가 있어 안 될 거예요. 제가 해 볼게요. 아시잖아요. 저 예지 구해 낼 만큼은 실력이 되잖아요."

나는 탁자 위에 있던 물을 벌컥대며 마시고는 접시 위에 있던 케이크 칼을 집었다.

"근데 일단 이것부터 빼야 해요."

"헉! 안돼!"

형사는 내 손목을 잡았지만, 강하게 뿌리치며 칼로 손목을 그었다.

"뭐야! 지금 물에 들어간다면서. 상처가 있으면 물에서 위험

하잖아. 지혈이 안 될 수도 있고!"

"다른 방법이 없어요. 다들 절 찾고 있을 거예요."

다시 칼을 들어 힘 있게 손목을 그었다.

강렬한 통증이 몸을 관통했다. 피가 흘러나오자 띵 소리를 내며 밴드가 떨어졌다. 붙잡힐 경우를 대비해 다른 손목도 마저 그었다. 떨어진 밴드를 형사의 손에 쥐여 주었다.

"이것 좀 어디다 흘려 주세요. 혹시라도 절 찾고 있다면 방해해야죠."

나는 두 손목을 힘껏 누르며 말했다.

"전 이제 갈게요. 전력이 차단되고 비상구가 열리면 치료실로 가서 사람들을 깨우세요. 모두 잠에 빠져 있어서 쉽지 않겠지만. 참, 링거를 꼭 빼 주세요. 거기 수면제가 섞여 있는 것 같아요. 모두 조심하시고 다시 만나요."

아쿠아 룸 수조 앞에서 크게 숨을 들이마셨다. 폐와 가슴 안에 공기를 저장했다.

"이쪽으로 들어가게?"

예지가 물었을 때 형사가 대답했다.

"이게 안전할 거야. 해변은 노출된 곳이니까."

첨벙 몸을 수조 안으로 던졌다. 인어가 기다렸다는 듯이 내게 다가올 때 힘껏 밀어냈다. 혹시 저 눈에 시시티브이라도 탑재돼 있을까 조심스러웠다.

깊이 잠영해 들어갔다. 물 안은 평화롭게 느껴졌다. 멀리 빛 하나가 보였다. 빛은 진실이었다. 태양이 우리를 비추고 있다는 진실. 우리가 하늘 위를 날고 있다는 진실. 거대한 자연의 품 안에 있다는 진실. 그랬다. 우리가 신의 영역을 거스르고 욕망에 사로잡혀 어떤 문제를 일으켰는지 깨달았다. 이젠 돌이킬 차례다.

파도가 시작되는 방향을 찾으며 들어갔다. 바닥에서 파도가 일어나는 것이 보였다. 피스톤 펌프처럼 생긴 녹색 구조물이 보였다. 거기에서 강한 바람이 밀려오는 것 같았다.

'저게 조파기인가? 저걸 어떻게 멈추게 하지?'

안으로 헤엄쳐 내려가려 했지만 소용없었다. 파도를 만드는 강한 압력에 자꾸만 떠밀려 나왔다. 몇 번 파도를 맞고 보니 정신이 없었다.

'여기 어디 센서가 있을 텐데 센서를 어떻게 찾지?'

파도에 밀리면서 녹색 구조물을 다시 봤다. 바람이 밀려 나오는 구멍들 가운데 빨간 점이 하나 보였다. 깜빡. 깜빡. 일정한 속도로 깜빡이고 있었다.

'저게 센서야. 저걸 망가뜨려야 해.'

갑자기 숨이 막혔다. 어쩔 수 없이 수직으로 상승해 올라갔다. 얼굴이 보이지 않도록 바위 뒤쪽으로 고개를 내밀고 크게 숨을 들이마셨다. 안내 방송이 나오고 있었다.

"차석준 고객님, 객실로 와 주세요. 긴급 면담이 잡혔습니다. 다시 한번 알려 드립니다. 차석준 고객님."

손목에서 흐르는 피가 물에 스며드는 걸 보다가 숨을 크게 들이마셨다. 아까 발견했던 센서까지 서둘러 수영해 내려갔다. 강한 파도에 저항하면서 계속 헤엄쳤다. 녹색 구조물을 한 손으로 붙잡았다. 강한 파도에 눈도 잘 떠지지 않았지만, 겨우 부릅뜨고 센서 옆에 구멍을 보았다. 그리고 손가락에 끼고 있던 반지를 뺐다. 아빠가 남기고 갔다던 딱 하나의 유물. 엄마가 떠나던 날 나에게 주고 간 약속의 반지였다. 반지를 그 안으로 던지려는 순간 거센 파도에 몸이 출렁였다.

'악! 이게 뭐지?'

밖으로 나오던 바람이 오히려 안으로 빨려 들어가고 있었다. 바닷물도 빨려 들어가는 것 같았다. 다급하게 구조물을 잡고 버티던 손에 점점 힘이 빠졌다.

'안 돼. 이러다가 나도 빨려 들어갈 거 같아. 숨이 막혀. 빨리

빠져나가야 해.'

마지막 힘을 다해 그곳을 벗어나기 위해 두 손을 뻗었다. 하지만 구조물에서 손을 떼는 순간 강한 힘에 휩쓸려 바닥으로 내동댕이쳐졌다. 구멍 사이로 윗도리가 빨려 들어갔다. 숨을 참으며 옷을 벗어 버렸다.

'늦었어. 이젠 빠져나가야 해.'

옷이 구멍 안으로 완전히 빨려 들어갔다. 털털 소리를 내며 조파기가 힘들게 돌아가고 있었다. 둥근 원 안으로 반지를 힘껏 던졌다.

끼이익. 요란한 쇳소리가 나더니 조파기가 멈췄다. 순식간에 주변이 조용해졌다. 하늘을 향해 힘껏 손을 뻗었고 겨우 물 위로 올라왔다.

나는 크게 입을 벌려 숨을 골랐다.

"이게 뭐야?"

이전에 보지 못했던 풍경이 펼쳐졌다. 해변 스크린이 모두 꺼져 멀리 보이던 수평선도 사라졌다. 잔잔히 불어오던 바람도 없었다. 파도 소리도 없었다. 내가 보았던 모든 것들이 실제가 아니었다는 걸 확인하는 순간, 유리 천장 밖 푸른 하늘이 더 선명하게 보였다.

위윙.

요란한 신호음이 강타했다. 경보음을 들으며 천천히 해변으로 헤엄쳐 나왔다. 호텔 내부는 암흑에 갇혀 있었다.

응급 상황입니다. 비상 전력이 가동됩니다.

스카이 크루즈, 착륙 준비 완료.

다행이었다. 전력이 차단됐고 비상 상황이 됐다. 기억 중독자들은 깨어났을 것이고 우리는 육지로 가게 될 것이다.

하지만 지금은 아니다.

"순순히 따라오세요. 모두 끝났어요."

나를 기다리고 있던 수십 명의 왓쳐가 일제히 다가왔다.

섬광 기억

왓쳐는 나를 치료실로 끌고 갔다. 저들이 아무리 나를 압박한다고 해도 달라질 건 없다. 공중 호텔이 육지에 착륙하는 순간 진실이 드러날 테니까.

나는 묵묵히 따라 걸었다. 치료실은 마스터 룸과 왓쳐 룸 사이에 있었다. 스크린 가림막이 치료실로 가는 문이었다. 동력이 끊겨 모든 문은 열린 채였다.

"석준아, 괜찮아?"

예지였다. 예지는 두 손이 묶인 채 캡슐에 앉아 있었다. 이게 어떻게 된 일일까.

"예지야, 너 왜 거기에 있어?"

"못 말리겠군. 행복하게 만들어 주겠다는데 왜 말을 안 듣는 거야. 너희들이 뭘 안다고. 세상을 그렇게 모르겠니? 너희 상처 받을까 봐 도와주려는 거잖아. 그것도 몰라?"

마스터 한은 나를 캡슐로 밀어 넣으며 말했다.

"이제 본색을 드러내는군요. 그럴 줄 알았어요. 이게 다 당신이 꾸민 일이죠? 당신이 뭔데 우리를 당신 마음대로 하는 거예요?"

"난 의사야. 너희 고통을 없애 줄 치료사라고. 왜 나를 믿지 못하는 거야? 대우해 주려고 했더니 이젠 안 되겠네. 이젠 내 마음대로 할 거야. 너희 기억을 모두 지워 줄게."

난 침착하게 주변을 살폈다. 비상 착륙을 이미 시작했는데 전력도 없이 기억 여행이 가능할까. 나는 마스터 한을 똑바로 바라보며 말했다.

"잠깐만요, 비상 전력을 여기에 쓰면 착륙할 때 모든 사람이 위험에 빠질 수가 있어요. 이제 그만하세요."

마스터 한의 표정이 차갑게 굳었다.

"너를 위해서였잖아. 이 모두가. 그걸 왜 모르는 거야. 내가 너를 위해 이걸 어떻게 준비한 건데!"

이상한 말이었다. 나를 위해 준비했다니? 게다가 형사는 어디로 간 걸까.

예지가 캡슐에 갇히는 게 보였다. 다른 캡슐은 개방도 되지 않고 있었다. 나는 더 크게 소리쳤다.

"사람들을 깨워요. 비상 착륙 전에 안전한 곳으로 대피시켜 야 해요. 고객 안전이 우선이라고 했잖아요!"

마스터 한은 고개를 저었다.

"아니, 네 기억을 지우는 게 먼저야."

가만히 있을 수가 없었다. 옆에 있던 왓쳐의 얼굴을 주먹으로 강타했다. 발로 배를 걷어차고 캡슐 밖으로 나왔다. 그래, 이판사판이다. 끝까지 가는 거야.

닥치는 대로 집어 던지며 몸싸움을 시작했다. 바닥에 묶인 채 쓰러진 형사를 붙잡아 일으켰다. 몸싸움이 이어지고 있을 때 왓쳐 한 명이 소리쳤다.

"칼을 가져와!"

기다렸다는 듯이 어디선가 단도가 날아왔고, 내 앞에 있던 왓쳐가 그걸 받아 휘둘렀다. 칼 끝은 곧 나를 향해 날아들었다. 그때였다.

"차은한 씨! 그만 해요! 이게 아들을 위한 게 맞습니까?"

형사는 그렇게 외치고는 으윽 소리를 내며 쓰러졌다. 형사의 등에 칼이 꽂혀 있었다. 나를 대신해 칼을 받아 낸 것이었다.

"안 돼, 멈춰!"

거대하고 큰 그림자가 나를 향해 뛰어왔다. 기억 속에서 본 아빠의 모습이 겹쳐졌다. 마스터 한이 나를 붙잡았다.

"석준아, 괜찮아?"

마스터 한의 가슴에 안기는 순간 깨달았다. 짙은 머스크 향이 물든 묵직한 품. 내가 그토록 기억하고 싶던 한 사람. 기억 여행에서 교통사고로 죽었다는 나의 아버지. 차은한.

당신은 누구인가요. 묻는 마음으로 마스터 한의 얼굴을 다시 보았다. 그의 눈이 빨갛게 물들어 있었다. 나도 모르게 중얼거렸다.

"아빠는 죽었어요."

이번엔 또박또박 말했다.

"그날, 거기서 죽었다고요."

그때 형사가 신음하며 말했다.

"석준아, 너의 아버지가 맞아. 아버지는 죽지 않았어. 차은한 씨가 리트리벌 큐 프로젝트를 개발한 사람이야. 그래서 널 여기 초대한 거고."

온몸이 부르르 떨렸다.

"아니요. 분명히 죽었다고요."

마스터 한은 아무 말도 하지 못하고 고개를 숙였다. 나는 으르렁대며 소리쳤다.

"이렇게 살아 있으면서 날 버렸어요? 왜요? 죄책감으로 기억까지 잃은 나를 왜 모른 척했어요? 이제 와서 내 기억을 지운다고요? 아무 일도 아니었던 것처럼 돌아오려고요?"

마스터 한은 내 앞에 무릎을 꿇었다. 왓쳐들은 숨죽여 우리를 보고 있었다.

"지금은 다 설명할 수가 없어. 일단 나를 믿어 줘. 이게 우리 가족을 위한 최선이었어."

"우리 가족이요? 그 소린 그만해요! 사람들이나 먼저 구해 달라고요!"

스카이 크루즈 비상 착륙 5분 전. 세이프 가드로 대피해 주세요.

요란한 굉음과 함께 기체가 흔들리자 캡슐 문이 저절로 개방됐다. 사람들이 깨어나 하나둘 몸을 일으켰다. 비행기는 빠르게 하강하고 있었다. 기압 때문에 귀가 아팠다. 어떻게든 이 위기를 벗어나야 했다. 나는 소리쳤다.

"알았어요. 시키는 대로 할게요. 내 기억을 마음껏 바꾸세요.

언젠가 이유를 알게 되겠죠. 그 대신 지금은 사람들을 구해 주
세요. 대피하게 도와 달라고요."

끼익. 기체가 기울어지면서 캡슐이 밀려갔다. 사람들이 소리
지르기 시작했다. 그때 치료실 안으로 또 다른 사람들이 들어
왔다. 예지 아빠와 다른 승객들이었다.

"이게 무슨 일이에요! 어디로 피해야 하는지 알려 주세요!
매뉴얼이 있을 거 아닙니까."

그제야 결심했다는 듯 마스터 한이 말했다.

"왓쳐 여러분, 손님들을 스카이 라운지로 모셔 주세요. 그곳
이 세이프 가드예요."

아우성이 터졌다. 괴성이 오가면서도 사람들은 서로를 부축
하며 움직였다. 나는 1인실에 있던 가미성 누나를 향해 뛰었다.
깨어나지 못하는 누나를 업고 밖으로 뛰었다. 스카이 라운지로
가는 비상 엘리베이터는 다행히 작동됐다.

*

원형의 스카이 라운지는 벽과 천장이 투명한 재질로 외부가
선명하게 보였다. 승객들은 벽에 등을 대고 동그랗게 앉았다.
몸을 가누지 못하는 가미성 누나에게 구명조끼를 입히고 좌석

벨트를 매 주었다. 그리고 칼에 맞아 등에 상처를 입은 형사를 부축했다. 피가 흐르는 등을 힘껏 누르며 물었다.

"아버지가 살아 있다는 거, 언제 어떻게 알았어요?"

형사는 거친 숨을 고르며 신음하고 있었다.

"말해 줘요. 마스터 한이 내 아버지라는 걸 어떻게 알았냐고요. 그런 말 없었잖아요."

형사는 힘겹게 대답했다.

"네 가족 관계 증명서에 아버지가 살아 있었으니까. 사망 신고가 된 적이 없었어. 너희 엄마는 아버지를 장기 실종 신고자로 등록했더라고. 아까 안내 방송에서 차은한이라는 이름이 나왔을 때 떠올랐어. 너희 아버지 이름과 같다는 게."

원망이 찾아왔다. 모든 게 거짓말 같았다.

"도대체 무슨 쇼를 하려던 걸까요? 왜 집으로 오지 않았을까요?"

"내 생각에 그건……."

형사는 고통스러워하며 몸을 떨었다.

그리고 잠시 후 의식을 잃었다.

비행기가 추락하듯 고꾸라졌고 모두 소리를 지르기 시작했다. 살려 달라는 괴성을 들으며 건너편에 앉아 있는 아버지를 봤다. 왜? 이런 어마어마한 일을 만들었나요. 기억을 조작해 완성하고 싶은 미래가 도대체 무엇이었나요.

내 입에서도 비명이 흘러나왔다. 원형 스카이 라운지가 공중 호텔 기체에서 분리되었다. 툭 떨어져 나와서는 끝도 없이 추락했다. 창밖을 보았다. 거친 파도가 일고 있는 검푸른 바다로 떨어지고 있었다.

안 돼! 안 돼! 안 돼! 주먹을 꼭 쥐고 눈을 감았다. 그런데 이상했다. 눈을 감았는데도 거대한 빛이 나를 향해 떨어지고 있었다. 정체를 알 수 없는 빛이었다. 강력한 빛. 내가 거부할 수 없는 기억의 빛. 섬광 기억이 시작됐다.

*

또각. 또각. 또각. 또각. 하이힐 소리가 들린다. 문이 열리고 원피스를 입은 여자가 들어와 나를 끌어안는다.

"이제 집으로 가자. 병원에 더 있을 필요는 없어."

"아빠를 기다리고 있어요."

여자는 뜨거운 눈물을 흘리며 말한다.

"석준아, 아빠는 이제 오지 않아. 내가 엄마야. 너무 늦게 와서 미안해. 엄마를 봐."

가슴이 출렁인다. 엄마라니. 그토록 기다리던 엄마라니.

"엄마?"

"그래, 이제부터 엄마가 널 지켜 줄게. 혼자 두지 않아. 걱정하지 마."

나는 엄마의 머리칼을 더듬으며 말한다.

"근데, 엄마. 엄마는 왜 아빠랑 얼굴이 똑같아요?"

여자는 붉은 립스틱을 바른 입술을 당겨 웃는다.

"아빠는 이제 잊어. 이제부턴 엄마랑 사는 거야. 아빠는 이제 없어."

나는 생각한다. 그리고 다짐한다. 엄마만 있으면 괜찮아. 나는 괜찮을 거야.

*

빛이 섞인 섬광 기억이 나의 몸을 관통하더니 모든 것이 또렷하게 보였다. 사고를 당했던 아빠의 얼굴과 어색한 화장을 하고 나를 데리러 온 엄마의 얼굴이 겹쳐졌다.

그날 다짐했다. 알았어요. 엄마가 원하는 대로 아빠의 기억을 지울게요. 엄마가 부탁한 대로, 엄마만 생각하고 살게요. 이제 아빠는 없어요. 아빠가 엄마로 살겠다면 나도 그렇게 믿을

게요. 아빠를 대신할 엄마가 나타난 거라고.

　말하고 또 말했다. 난 엄마만 있으면 괜찮아.

　서서히 눈이 떠졌다. 툭. 내 얼굴에 눈물이 떨어졌다. 내 시선에 갇혀 있는 남자의 얼굴이 보였다. 처음엔 아빠였지만, 언젠가는 엄마로 자신을 감췄던 남자. 아빠가 나를 보며 울고 있었다.

주민 등록증을 조심스럽게 교도관에게 내밀었다. 처음 주민 증을 만들었을 때 엄마에게 제일 먼저 보여 주고 싶었는데 엄마가 사라져서 보여 주지 못했었다. 이제라도 자랑하고 싶었지만 이렇게 주민 등록증을 제출해야 하니 오늘도 보여 줄 수가 없다.

이름을 쓰고 대기 번호를 받아 안으로 들어갔다. 안내 방송이 나오고 면회실로 들어갔다. 잠시 후 수염이 덥수룩한 아빠가 나타났다.

"안 와도 된다니까."

어색한 분위기를 깨고 싶어 크게 대답했다.

"이제라도 자주 봐야죠. 잊어버리기 전에. 내 기억력이 예전 같지 않다고요."

아빠는 비행기가 착륙한 이후 바로 구속됐다. 불법으로 호텔을 운영한 것도 문제였지만 항공법 위반이 더 컸다. 다행히 아빠의 연구 성과가 참작되어 교도소에서도 연구에 참여할 수 있다고 들었다. 모범수로 지내다 보면 가석방도 가능할 거라고 했다.

"고3인데 이런 데 돌아다닐 시간이 어딨어? 공부는 잘하고 있어? 진로는 정했고?"

야단치는 말투였지만 애정이 묻어 있었다. 마음이 뭉클했다.

"좀 좋게 말하면 안 돼요?"

"나 그런 거 잘 못 하잖아. 그래서 날 싫어했던 거 아냐?"

아빠를 기억해 내긴 했지만, 아직 완전하지 않다. 아빠였다가, 엄마로 자신을 속였다가, 다시 아빠가 되어 나타난 나이 든 남자의 마음을 완전히 이해하기는 어려웠다.

"싫어했던 건 아니었어요. 다만 아빠도 알잖아요. 애들한텐 놀림감이었다는 거."

"그러게. 그랬었지."

어색한 아빠의 눈빛을 피해 제일 묻고 싶은 말을 꺼냈다.

"내가 혹시……."

아빠는 가만히 다음을 기다렸다. 나는 목을 가다듬었다.

"혹시 내가 엄마랑 살고 싶다고 했기 때문에 그래서 엄마로 살았던 거예요?"

아빠는 큰 죄를 지은 사람처럼 얼굴을 찌푸렸다.

"그래서 그런 거죠? 나 때문이죠? 그치만 아빠, 어떻게 어느

159

날 갑자기 자기가 엄마라고 나타나요?"

이제는 돌이킬 수 없는, 우리가 함께 지내 온 시간에 대해 화를 내고 싶을 때도 많았다. 하지만 초라해진 아빠의 어깨가 힘없이 떨어져 있는 걸 보면 원망도 흐릿해졌다.

"아빠한테 뭐라고 하는 건 아니에요. 그냥 궁금해서 묻는 거예요."

아빠가 조심스럽게 말했다.

"석준아, 아빠는 너한테 그저 엄마가 되어 주고 싶었던 거야. 평생 살면서 너를 지켜 줄 다정한 엄마 기억이 하나라도 있었으면 했어. 엄마가 살아 있었다면 해 줬을 말도 해 주고, 그렇게 안아 주고 싶었어. 엄마가 너를 얼마나 사랑했는지, 네가 커 가는 걸 얼마나 보고 싶어 했는지 가르쳐 주고 싶었어."

엄마는 내가 태어난 뒤 얼마 지나지 않아 심장 마비로 죽었다고 한다. 과학자였던 아빠는 나를 위해 엄마를 언젠가 살려 내겠다는 계획을 하고 사망 신고도 하지 않았다. 엄마를 아빠의 서재에서 냉동 상태로 보관했다고 한다.

그러다 그날이 찾아왔다. 나로 인해 교통사고가 났고, 아빠는 큰 수술을 받아야 했다. 죄책감으로 단기 기억 상실에 걸린 나를 보며 아빠는 나에게 엄마를 선물해야겠다고 결심했다고 한다. 사고로 다친 얼굴을 성형 수술 하면서 그걸 새 삶의 기회로 삼은 거다.

그날 이후, 아빠는 더 이상 연구소로 출근하지 않았고 나를 돌봐 주면서 살았다. 기억에 관한 뇌 과학 연구가 시작된 것이 그즈음이었다.

"그런데 왜 사라졌던 거예요? 내 기억 속에서 엄마를 지우고 아빠로 돌아오려고 했던 거예요?"

아빠는 희미하게 웃으며 고개를 끄덕였다.

"엄마로 살기로 선택했고 그렇게 계속 시간이 흘렀어. 그러다 네가 나 때문에 놀림당한다는 걸 알게 됐고, 정말 속상하더라고. 그래서 다시 아빠로 돌아가야겠다고 생각했지. 계획은 완벽했어. 계획대로 투자자가 나타났고, 호텔 설계를 시작했어."

아빠의 눈동자가 흔들렸다.

"네가 생각보다 빨리 커서 엄마를 그만둘 시기도 놓쳤고, 말할 용기도 없었지. 기억에 대한 연구만 완성한다면 너에게 완벽한 행복을 줄 수 있다고 생각했어."

이럴 때는 아빠를 한번 안아 줘도 좋을 텐데. 여전히 어색했다. 분위기를 깨고 싶어 가방에서 봉투를 하나 꺼내며 말했다.

"속옷이랑 필요한 거 샀어요. 그리고 나 주민 등록증 나와서 아빠한테 보여 주려고 했는데, 바보같이 교도관한테 내야 한다는 걸 깜박했지 뭐예요."

아빠가 내 머리를 쓰다듬었다.

"왜 이래요?"

"엄마처럼 해 주고 싶어서. 엄마가 살아 있었으면 이렇게 말했을 것 같아. 우리 아들 이제 다 컸네!"

아빠는 그저 좋은 부모가 되고 싶었을 뿐이다.

나도 언젠가는 말해 주고 싶다. 아빠여서 좋았고, 또 엄마여서 좋았다고. 나에게 그런 추억을 만들어 줘서 고맙다고.

아빠가 몸을 일으켰다.

"이제 들어갈게. 어서 가. 공부 열심히 하고. 다음에 올 때는 생활 기록부랑 성적표 가져와."

"그냥 안 올게요."

손을 흔들며 들어가는 아빠는 아쉬운 듯 자꾸 고개를 돌려 나를 보았다.

*

밖으로 나와 터벅터벅 걸었다. 몸을 길게 늘어뜨린 그림자만 내 옆을 따라왔다.

그때 전화벨이 울렸다.

"야, 고3. 뭐 하냐?"

예지였다. 반가운 마음에 목소리가 커졌다.

"어째 검정고시 하는 애가 고3 학생을 무시하냐? 말투가 왜 그래?"

"뭐 무시할 만하니까 그렇다. 난 검정고시 이미 붙었거든. 너랑 차원이 다르지. 너는 아직 중졸이지만 나는 고졸 학위? 뭐 그런 거잖아."

피식 웃음이 났다.

"목소리가 들떴네. 무슨 일 있어?"

"가미성 언니 2차 수술했던 거 알지? 회복 잘 돼서 오늘 일반 병동으로 내려왔대. 문병 가자."

"정말? 잘됐다. 언제 가게?"

"난 아무 때나 되는데. 넌 고3이라 지금은 안 되나?"

"하하. 지금 갈게."

"병원 앞에서 만나. 늦는 사람이 밥 사는 거다? 끊어!"

길가에 서서 가만히 하늘을 봤다. 눈 부신 태양 사이로 떠다니는 뭉게구름이 보였다. 구름이 조금씩 밀려나는 걸 보니 어지러웠다.

'하늘이 저렇게 멀었나.'

문득, 공중에서 지냈던 시간이 꿈결처럼 스쳤다.

아빠, 내가 지나온 시간과 사라진 기억 모두 나에게 축복이었어요. 아무것도 지우지 않아도 돼요. 내가 이겨 낼 수 있으니까요. 빨리 나와서 이젠 새로운 기억을 같이 만들어요.

중얼거리며 버스 정류장을 향해 뛰었다.

　방송 작가로의 삶은 바빴다. 더듬이를 잔뜩 세우고 시간이라는 틀에 생각마저 쑤셔 넣어야 했다. 예민해지는 것도 무뎌지는 것도 싫었기에 상처받은 일들을 기억 창고에 차곡차곡 쌓고 질끈 눈을 감았다. 모른 척하면 없는 일이 될지도 몰라, 주문을 외웠다. 하지만 기억이라는 것은 잊으려 할수록 더 찐득하게 머릿속에 들러붙었다. 기억의 노예가 된 것 같던 어느 밤, 나는 폭발하는 감정을 어찌지 못하고 책상에 앉아 글을 쓰기 시작했다. 매일 쓰던 방송 원고가 아닌, 내 마음의 언어였다. 브런치 플랫폼에 작은 방을 만들고 이야기 열 편을 쏟아 냈다.

　구토처럼 뱉어 낸 내 글을 읽고 계약하자는 출판사 전화가 먼저 왔고, 드라마를 써 보라는 영화 드라마 제작사 프로듀서의 제안이 있었다. 머릿속을 맴도는 주제는 딱 하나, 지긋지긋한 기억을 지워 내고 싶다는 갈망뿐이었다. 짧은 시놉시스로 완성했을 때 놀랍게도 프로듀서는 다음 단계로 갈 차례라고 했다. 대본을 가져오라는 말을 듣고 나니 현실이 깨달아졌다. 드라마 대본을 써 본 적 없던 내겐 무리한 도전이었다. 며칠을 고민하다가 말했다.

"소설로 먼저 써 볼래요."

무슨 용기였을까. 소설이라니. 그것도 해 본 적 없기는 마찬가지인데.

죽은 자가 건넌다는 망각의 강물, 레테의 강을 건너면 무엇이 사라지고 또 무엇이 남게 될까. 상상하며 초고를 쓴 것은 2023년 이른 봄이다. 무모하고 용감한 시간을 보내고 혼자 바다에 갔다. 초고를 들고 커피를 마시며 무한 긍정의 상상을 펼쳤다. 세상 어딘가엔 내 글을 읽고 위로받을 사람이 있을 수도 있다고 말이다. 그날의 내 기도가 이뤄졌다는 것이 아직도 믿기지 않는다. 북멘토 출판사 조정우 편집자께 인사를 전한다. 다른 세계에 살아가는 사람들이 다정한 눈길로 내 원고를 읽어 준 것이 감사하다.

나는 매일 기억을 새로 쓰는 시간을 갖는다. 감정은 뒤로 제쳐 두고 사실만 정리한 뒤 다시 감정을 입힌다. 부정된 감정을 지우는 일은 쉽지 않지만, 이 소설을 읽은 당신께 권하고 싶다. 거창한 바람이지만 우리 함께 상처받은 기억에서 벗어나자고 말하고 싶다. 과거는 달라지지 않지만 미래는 바꿀 수 있을 테니까. 내 글이 누군가의 마음에 닿는다면 더없이 행복할 것이다.

2025년 봄 정화영

비밀의 공중 호텔

1판 1쇄 발행일 2025년 3월 10일

글쓴이 정화영 펴낸곳 (주)도서출판 북멘토 펴낸이 김태완

부대표 이은아 **편집** 김경란, 조정우 **디자인** 안상준 **마케팅** 강보람 **경영기획** 이재희

출판등록 제6-800호(2006. 6. 13.)

주소 03990 서울시 마포구 월드컵북로 6길 69(연남동 567-11) IK빌딩 3층

전화 02-332-4885 팩스 02-6021-4885

🔵 bookmentorbooks.co.kr　　✉ bookmentorbooks@hanmail.net

📷 bookmentorbooks__　　🅑 blog.naver.com/bookmentorbook

ISBN 978-89-6319-633-6 03810